讓青春的意象遄飛

——跨領域讀寫課程學生作品精選集

【第三輯】

總策劃｜羅美娥　　主編｜蒲基維

目　次

序
讓讀寫的翅膀繼續飛翔

　　殷切期盼中,《讓青春的意象遨飛》第三輯終於出版了。

　　在西松高中特色課程的發展軌跡中,有些學科課程如曇花一現,雖令人驚豔,卻常常成為絕響;有些學科秉持著一步一腳印的信念來發展課程,既有如滔滔江流般的精采,也有如涓涓細水般的源遠流長,國文科的「跨領域讀寫」課程即是其中著例。在蒲基維老師的帶領擘劃下,此一課程從本校一〇一年「高中優質化專案」啟動,即透過暑期與假日文學營的形式,展開對學生進行文學閱讀與寫作的訓練,至一〇三年為止,共舉辦了兩梯次的暑期文學營及四梯次的假日寫作班,一群又一群不同的學生,在紮實的讀寫訓練中奠定了閱讀理解與寫作表達的基底,也在多元的知識主題中發揮了寫作的創意。兩年間,學生累積了優秀而豐富的作品,並結集成兩輯學生作品集出版。

　　一〇三年八月,蒲基維老師轉任教務主任,並在同年年底與學校行政團隊積極申請通過了「課程與教學領先計畫」,使學校的課程發展進入一個新的里程碑,也建構了更完整、更系統的校本課程地圖。國文科的「跨領域讀寫」也是校本課程的重點課程之一,從優質化時期獨立的假期專班,轉化為融入式的特色課程,並利用教師專業社群的機制,一方面成立「讀寫教學研討工作坊」,讓更多國文教師參與命題,其中李瑋娟老師、陳雅萍老師、楊百菁老師更是推動社群的核

心力量。另一方面，更將讀寫課程普授於全年級，使西松學子都能受惠於跨領域讀寫課程的薰染，不僅建立實用於生活的讀寫能力，更能呼應升學閱讀理解與語文表達檢測的要求。

　　一個課程從零到有，歷經了摸索與試驗的過程，在如同篳路藍縷般的辛苦經營，跨領域讀寫課程逐漸累積了豐富而多元的訓練題型，在此基礎上，更逐漸邁向課程精緻化的方向。在寫作主題上，共開發了至少八種主題的訓練課程，其內容除了國文本科的讀寫策略之外，更橫跨法律、家政、輔導、自然科普、歷史、生命教育等領域，能使學生透過文本的閱讀與文字的書寫，涉獵各學科領域的知識，並引發學生對於學科融入生活層面探索的興趣，因此集結了學生豐富而優秀的寫作成果。有了前兩輯的基礎，第三輯的作品編排更貼近學生創作的原貌與特色，真正實踐了「以學習者為中心」的教學理念！

　　時值特色課程的作品集出版之際，除了表達祝福之外，更希望國文科的教師團隊繼續以開闊的胸襟、穩定的步伐，帶領西松學子探索閱讀與寫作的堂奧，如同本書「讓青春的意象遄飛」，就讓青春學子穿上讀寫的翅膀繼續飛向多采多姿的天空。

羅美娥

謹序於西松高中校長室

一〇六年二月二十日

前言

從優質到領先

　　一○六年新月，少了往年零度的寒流，十幾度的低溫仍帶來些許寒意。這是暖冬的清晨，西松校園籠罩著寒假悠閒與靜謐的氛圍，而新春帶來的喜氣，也帶來一股蓄勢待發的向上力量。

　　西松高中自一○一年申請通過教育部的優質化方案，由於計畫的推展與經費的挹注，開始了本校特色課程的設計與施作。國文學科有幸跟上了課程改革的步伐，亦展開一系列跨領域讀寫的課程。閱讀與寫作一直是語文教育的重心，透過語文讀寫的訓練，不僅可以建構學生的閱讀理解及語文表達之基本能力，經由跨領域的文本閱讀，並進一步以寫作訓練進行多元表達的練習，更可拓展其認知的視野與表達思辨的整體素養。自一○一年七月開始，我們開辦暑期文學寫作營及假日文學寫作班，直至一○三年六月，已進行六個梯次的寫作課程，並有超過一六○位學生參與寫作訓練。期間我們挑選了學生的優秀作品集結成冊，並以「讓青春的意象遄飛」為名出版兩冊的作品集。由於寫作課程的主題不斷累積，共開發了十餘種寫作訓練的單元，為跨領域讀寫的特色課程奠定了厚實的基礎。

　　一○三年十二月，本校在行政團隊與核心教師的共同努力之下，又通過了臺北市高中職課程與教學領先計畫。計畫的精神在為西松高中的特色課程建構一個有系統的藍圖，即在「Curiosity、Creativity、Culture」之 3C 願景的架構之下，提出「按圖索驥、迎向未來」的概念，並結合「Put Yourself on the Map」的理念，作為本校建構課程地

圖的基礎。已施作兩年的跨領域讀寫課程，從獨立的暑期營與假日班，改為融入式課程，透過國文科的共同備課，使全年級的學生都能上到每學期三至八節課的主題式讀寫訓練，乃以跨領域主題作為課程主軸，並融進本校 3C 願景中的探索力、創造力與文化力的培養，期望訓練出具有好奇心、具有創意思辨及文化關懷的學生。

在這前提之下，我們從語文專業所強調的立意取材、遣詞造句、謀篇布局及寫作風格的訓練出發，發展出科普閱讀、史地走察、公民意識、美學體驗、文化思辨等主題課程，我們期望的跨領域讀寫不止是跨學科，更希望打破學科及領域的藩籬，讓學生看見宇宙中有形與無形知識的原貌，然後才能真正思考，激盪出屬於自我思辨的火花。

基於融入式課程時數的限制，我們在眾多寫作訓練之中，選了兩單元的語文專業訓練、兩單元跨領域讀寫訓練的課程，作為領先計畫語文讀寫訓練課程的重心，其課程內容包括：

一、炒一盤作文的豐盛佳餚——寫作之立意取材的正確運用

透過課前「摸彩遊戲」的活動，引領學生體驗寫作取材的重要；其次以系統性的理論說明，讓學生理解寫作立意取材的概念；最後透過實作，一方面以「意」與「象」的呼應連結訓練學生具體物向與抽象情理的關連，另一方面以引導寫作訓練學生長篇作文有關立意取材的應用。

二、寫作中的伴奏與配樂——談寫作的氛圍營造

這是一個進階程度的寫作訓練單元。課程首先透過範文的閱讀與

分析讓學生瞭解氛圍營造的定義與實例；其次以系統理論說明氛圍營造的美感效果，讓學生認知氛圍營造對於文章寫作的正面效益；最後以長文寫作訓練，讓學生實際體驗氛圍營造在各體散文中的應用。

三、渲染舌尖與心靈的味覺——飲食文學的體驗與寫作

飲食文學讀寫一直至作文教學中的重心。我們期望透過各種感官知覺的體驗，讓學生感受飲食的具體美感，再進一步整合成心靈的深層體悟。本單元以文本閱讀分析訓練學生的閱讀理解，再透過臺灣美食的推銷企劃，練習表達力與創造力，最終以長文寫作引領學生從飲食的體驗走進生命的體悟，讓食物的美味知覺擴展為生活的美好經驗。

四、穿梭古今的時空意象——大溪老街巡禮與讀寫

本單元為戶外踏查體驗課程。老街的巡禮與探訪是我們讀寫訓練的系列活動課程。在高中優質化專案時期已陸續造訪過淡水老街、北埔老街，而大溪老街是我們造訪的第三個景點。經由專員的導覽、學生親身體驗與老師精心設計的學習單，讓學生交錯在文字閱讀與實物體驗之間，穿梭在古典意象與現代潮流之際，細細體會著老街斑駁的磚瓦與新興的市集。

在高中優質化時期的假日寫作班、暑期寫作班，我們培育了優秀而快樂的寫手，並且送他們進入大學；自領先計畫的融入式課程開始，讀寫課程更為成熟穩健，這一屆入學接受讀寫課程薰陶的學生也升上了高三，並已經歷了大學學測的洗禮，在純真爛漫的笑容間，我可以感受到他們對於閱讀的喜悅和文字表達的自信。從優質到領先，

五年的歲月看見西松校園的改變，看見特色課程穩健的成長，也看見西松學子因讀寫課程而自在快活。欣見《讓青春的意象遄飛》第三輯成書，內容包含了西松學子書寫成果的展現，也刻畫著他們步步成長的軌跡。

面對一〇七學年新課綱的到來，我們深知課程的發展還有許多值得努力的空間。在跨領域的讀寫訓練課程中，無論是知性思辨的分析，還是感性抒發的書寫，都需要透過更細膩、更縝密的討論與修訂，才能使課程真正引領新一代的學子建構穩定而紮實的讀寫能力，進而成為他們面對未來全球化社會時，展現其旺盛探索心、精巧創造力與關懷利他之文化素養的重要基礎。

一〇六年，本校課程與教學領先計畫繼續邁向第三年，從優質到領先，國文科以「讀寫教學工作坊」的社群模式持續著讀寫教材的研發，並落實於作文教學的默默耕耘，期待我們「以學習者為中心」的教學思維可以在學生的作品中看見閃爍的繁星點點。

蒲基維

一〇六年二月十日于西松高中

寫作單元一

炒一盤作文的豐盛佳餚
——寫作之立意取材的正確運用

◎課前活動：從摸彩遊戲開始

袋子裡有各色各樣的新鮮屋紙盒包裝飲料，每一瓶飲料的形狀、大小、重量幾乎一樣，請你閉上眼睛，從袋子中摸出一瓶飲料，然後大聲唸出這瓶飲料的名字。

請你回到座位，插入吸管開始品嚐這瓶飲料。從剛剛摸彩到品嚐飲料，你的心情是什麼？請仔細敘寫自己摸出飲料的過程和心情，然後，從冥想中體悟這個過程有沒有什麼特別或深刻的含意？

寫作說明

這是此一寫作單元的課前暖身活動，讓學生體驗從現實世界中擷取素材的歷程，另一方面也藉由有趣的摸彩與喝飲料的爽快，讓學生認知寫作取材是一件愉悅的事情，從愉悅的心情出發，然後天馬星空地述說自己的感受。在毫無預設立場及任何功利思維之下，我們見到學生的想像力與寫作的活力充分發揮出來。

❖閉上眼，心裡一股力量宛如要衝出來似的鼓動著，是喜悅、是期待，更多的似乎是對於手中未知飲料的緊張感。
「純喫茶綠茶！」
我大聲的喊道，心中的一塊大石落下，慶幸並不是拿到什麼奇怪的飲料。拆開吸管套，將吸管放入後，心情漸轉愉悅，內心充斥著拿到一瓶免費飲料的喜悅。細細的品嚐時，我飲出綠茶微澀的口感，好似真的，也品出老師那用心的心意。（王妤涵）

❖雖然老師說了只是飲料，內心仍然有些忐忑，害怕抽到薑湯或蘆

筍汁。手緩緩伸入神祕的黑色袋子中，我感覺到自己的指甲顫抖得厲害，觸碰到飲料的盒子時，一股沁涼穿透肌膚從指尖流入身體。毅然抽出其中一個盒子，上面大喇喇的寫著：「純喫茶－綠茶」宛若吃了一顆定心丸，內心舒了一口氣。儘管綠茶自己極少喝，但也不至於厭惡。淺嚐一口，我還是皺了皺眉頭，綠茶的茶香是有，但太過甜膩，並且還是比茶葉沖泡出來的茶水略遜一籌。這個過程我認為是一個學習把所有的注意力放在感覺受器上的活動，觸覺、味覺、視覺、聽覺、嗅覺，五大感官的多重使用下，讓一瓶平凡的飲料變得不平凡。（李佳美）

❖ 在興奮、開心、神秘的心情之下抽出了「靠杯茶之抹茶綠奶茶」抽出來的那一瞬間我覺得它的品牌名稱很有創意。喝第一口的時候覺得還不錯，因為它是抹茶所以沒有很甜、熱量也比較低。品嘗自己抽到的飲料的時候感覺像是在享受戰利品的感覺，而且因為是免費的，所以覺得格外好喝。

這個活動一開始是要先從完全不透光的袋子裡抽出飲料，這就代表著在未知的情況下做出一個選擇。抽出飲料後，要好好地品嚐它的滋味，這代表在選擇後，要用心去面對你所做出的選擇。雖然在未知的情況下做出的選擇不一定是好的，但仍然要面對、並品味它。

黑色的袋子是未知的未來，而在人生道路上時時刻刻都在做出選擇，無論做出的選擇帶來的結果是好是壞，都必須去面對他、品味它。這大概就是這瓶飲料背後真正的含意吧！（周采豫）

❖ 再向前一步，我將得到那我虎視眈眈已久的飲料，帶著忐忑的心，我伸手從袋中攫取，深怕得到的事我不喜歡的牌子。我以緩

慢的步調慢慢從袋中拿出我中意的一個，接著以迅雷不及掩耳般的速度，把他拿到眼前。「哇——」我心中一陣狂放的吶喊，雀躍的心情浮現在臉上，露出微微的一笑。原來我拿到了我最喜歡的奶綠，剎那間我不敢相信的愣了一下，接著才意識到這個事實，我帶著它高興的合不攏嘴回到座位上。我迅速的將吸管插上，深深的吸了一口，「哇——」這就是我所熟悉的味道；然而，在感動之餘，也不禁回顧起了開獎前的不安。或許，開獎就像得失心一樣，既期待又怕落空，所以，所有的過程都讓人緊張不安。飲料就如每個成果，當要揭發結果時不論是失敗或成功，都一定有所謂的得失心和期待，而最終不論是好事壞都得接受，這就是人生。（徐婕芸）

❖ 從一個人外在的行為可以剖析一個人的人格。我想，或許老師是個心理學家，藉由此次的試驗來整合出某種心理學的定義。然而，我的心情卻是十分愉悅的。從小到大我從來沒有喝過「蜜茶」，喝下去的一瞬間，我以為蜂蜜般的甜膩會擴散至我所有感官，但卻完全沒有，傳達至我味蕾的是一股清甜，彷彿走入鄉間步道的清爽。老師可能為了詳細觀察每個人的內心而把大家在「摸彩」的瞬間用相機記錄了下來，而我在一旁也看的透徹，看見人因不確定性事件而展露出表情。儘管我覺得這是個試驗，我仍然樂在其中，尤其是喝下飲料的剎那，忘卻了煩惱，只剩下悠活於心中的天地。（高譽瑋）

❖ 奶味和茶味交織，相互跳躍於味蕾。還在細細品嚐奶茶的甜，突然間又迸出綠茶的甘，這兩個奇妙的組合，瀰留絕佳的風味。「飲冰室茶集」是我平常喜歡喝的飲料之一，所以當我摸出這一

瓶時既驚喜又熟悉。看著大家紛紛抽出飲料，面露喜悅，坐在底下的我越來越興奮。踏上期待的步伐，我克制自己想在神祕的黑袋窺一眼的人之常情，身手猜想會是哪瓶「有緣人」。一拿出「飲冰室茶集」，我會心一笑，只因的確有緣。飲料一口接著一口，濃郁的醇香回盪於口腔，而這次多了一份娛性，佐緣份。（熊若婷）

❖ 自老師說要摸彩開始，我便有種腎上腺素被激發之感。對於極盡想減肥的我來說，這杯飲料是多麼的得來不易。他有如上帝派來的天使，撫慰我久久未喝飲料的心。當我走向前去，將手伸入裝滿飲料的黑袋中，那種心情有些複雜。若要論我最愛的新鮮屋紙盒包裝飲料，那我的絕對是原味立頓奶茶，可抽出的是茉香柚茶，但喜悅程度絲毫不減，畢竟距離喝到有甜味的飲料已是很久以前的事。插入吸管，我深深的吸了一大口柚茶，那甜滋滋的味道及茉莉香味在我口中久久不肯散去。我看了看外包裝，頓時罪惡感大起，這杯飲料竟然有一百七十二大卡！我想這印證了一句成語：「樂極生悲」，於是我下課後，要前往松山運動中心，為我的些許快樂付出代價。（劉巧萱）

❖ 一聽到有飲料可以喝，我的耳朵馬上豎了起來，眼睛瞬間變得炯炯有神，把剛剛寫長篇作文的苦悶和不快一掃而空，轉變為期待和興奮的心情，看著前面的同學，一瓶瓶的抽出來，有飲冰室茶集、茉莉茶園、純喫茶還有靠杯茶，雖然不是自己抽到的，但我也很享受在抽獎的期待中，有些有喝過，有些沒喝過，感覺好新奇，輪到自己的時候，那種期待、盼望、興奮、緊張還有忐忑，因為怕抽到不了解的飲料或不喝時的，不過還是想一試手氣，雖

然抽到了不認識的飲料，但還是很高興。有人說，抽獎不是應該
要高興嗎？為什麼還會有忐忑和緊張呢？這就像面對不認識的人
事地的那種不安，不知道會遇到什麼，但是也想挑戰、嘗試新的
事物，這也是謂何會興奮的原因，面對無知的下一刻，可以帶著
怎樣的心情呢？（鄭乃華）

❖ 某個晴朗清爽的早晨，特立獨行的蒲老師似乎又有了新的把戲，
他首先提進了一袋看似笨重的黑色大袋子，然後口裡一直嚷著要
玩抽獎，搞得大家一頭霧水的。

就這樣我們一個接著一個走上前去抽出隱藏在神秘黑袋裡的東
西，沒想到大家抽出來的東西都是形狀上大同小異的紙盒包裝飲
料，原本雀躍的心情好像也變得沒那麼雀躍了，這時我才發現越
是捉摸不定且看不起的東西越有吸引力，就像一開始不知道袋子
裡是什麼的時候，心中是充滿好奇且很想揭開他的真面目，這種
感覺是既有趣又吸引人的，要是在生活中能保有這意思趣味那該
有多好。

只可惜我正值感冒服藥的時期不能喝茶，不然我應該會有更深的
體會。（鄭丞翔）

❖ 悠閒的星期六早晨，剛寫完一篇枯燥的作文，老師便準備了一個
摸彩活動，請我們喝飲料，雖然裡面不可能有我最愛的酒精類飲
料，但既然是老師的一片心意，我當然要心懷感激的接受。抽到
了一瓶蜜茶，感覺還不錯。雖然最近想減肥，但還是品嘗看看好
了！一邊喝著飲料，一邊寫著作文，原本煩悶感覺減輕了不少，
這大概就是時下最流行的「小確幸」吧！享受著飲料，感覺自己
作文的實力逐漸的提升，這種感覺不僅很充實，而且很清涼。想

像著自己正逐漸超越其他偷懶的人，這種忙裡偷閒的優越感，比
起躲在被窩賴床的頹廢感，真的是好太多了！當初參加這一門課
果然是對的。（賴季廷）

❖ 被點到的那一刻，我有些困惑，但仍站了起來向教室前方走去。
帶著一彎因困惑而泛起的傻笑，我循著老師的指示，向老師指定
的袋子內伸出因不確定而僵硬的右手，在其中摸索。想必是方才
從便利商店買來或從冰櫃拿出，袋子內擺著好幾瓶紙盒裝的飲
料，表面附著因低溫而聚集的小水滴。摸索一回後覺得如此挑選
並無意義，便隨手拔出一罐飲料，白紅相間並漸層的瓶身與電腦
印刷的設計文字陡然落入視線中。謝過老師，就帶著疑惑回到坐
位上，其中可有深意？思索著各種概念，舉凡排列組合、機率問
題，我試圖給自己一個頗有深意的數學問題，拼湊出一個人生道
理。我閉上眼，想著看到飲料當下的感受：驚奇，就彷彿不知會
吃道何種口味的巧克力。瞬間，我回過神，會心一笑，隨手寫下
這偶然得到的人生感受。（謝大川）

◎理論說明：寫作中「立意取材」的重要

（一）什麼是「立意」？

所謂立意，就是確立心中的意念，這是寫作必須先完成的過程。
這個意念，有極大的可能成為寫作的核心思想，待落成實際的文章，
就是一篇文章的主旨。自發性的創作，核心思想是由作者本身自然而
然產生的；而命題作文卻是提供一個主題，寫作者必須進行「審題」
的程序，才能掌握主題的含意，進而成為寫作的核心思想。

（二）取材為什麼對文章寫作非常重要？

有了核心思想，寫作者必須尋找可以呼應這個核心思想的材料，才能具體落實思想的完整性。俗話說：「巧婦難為無米之炊」，意思是沒有材料難以炒作一盤好菜，相同地，沒有適當而豐富的素材，無法完成一篇好文章。所以，「立意」與「取材」是寫作過程中必先經歷的心理歷程，而且幾乎是同時進行的兩種心理活動。有了「立意」的思辨，「取材」才不致於漫無目的，空泛而無所依歸；有了「取材」的檢核，才能使抽象的「立意」，得到具體而完整的發揮。

（三）如何取材？

想要獲得寫作上豐富而適切的材料，至少在平日要養成三種習慣：
★細膩的觀察與體驗
★豐富的想像與思辨
★廣泛的閱讀與習作

 寫作訓練一 「意」與「象」的呼應

（一）請用五○字想像下列物象給你的感受或營造的氛圍

演唱會會場	在升降梯升起的那刻，尖叫聲便沒停過，此時只有台上的人能讓歌迷安靜。一道婉約的歌聲再度掀起高潮。
夏日早晨的教室	放下書包坐下的那刻，人宛如爛泥般的癱在桌上，心裡渴望的事沒有其他，就是在等待冷氣開起的那一瞬間，可只怕悶熱的天氣在此時就將自己蒸發。

游泳池	雙手環抱的不能再緊，看著眼前的水顫抖著，一聲哨音令下，所有人下了水，身體更是抖得不像自己的，渴求著上岸的那一刻趕快來到。
秋天的公園	徐徐的風吹著樹發出沙沙聲，塑膠碰撞的聲音伴隨著一句「將軍！」小孩靠著自家老人，童言童語的問著怎麼玩象棋。
快結束營業的大賣場	平實溫柔的大媽，一見到紅色的大標──「特價」時，眼神在瞬間變得犀利。不停的搜刮想要的戰利品，直到購物車出現小山也不願停止。

（王妤涵）

演唱會會場	血液開始沸騰，人們激動的尖叫聲有如千萬隻銀針在脆弱的耳膜上抽插著，熱情澎湃的血液隨著歌聲大起大落。
夏日早晨的教室	一股沉澱殿的壓力想要破窗而出，襲捲上了胸口，教人無法呼吸，混雜著喜怒哀樂的氣體，鎖在無人的空間中，與青春一同增溫。
游泳池	靜止的水鏡泛起陣陣漣漪，清澈見底的池水散出消暑的水氣，沁涼入股的水包覆了每一寸肌肉線條。一名泳者，蹬牆、划臂，打出摻著努力的水花，筆直向前。
秋天的公園	蟬鳴不再響亮，為自己唱著送葬的謳歌，黃花搖曳著身姿為一位名叫「寂寞」的傴僂打上活力的背景，輪椅上的白髮哀悼著逝去的歲月。
快結束營業的大賣場	沿著有稜有角的樑柱，身手矯健地從天花板上竄了下來，空蕩蕩的倉庫，沒有什麼生命的氣息，但有著令人垂涎三尺的香氣，胃袋開始蠢蠢欲動，覓食的時機到了！一隻隻灰色的身影，橫行在賣場裡。

（李佳美）

演唱會會場	一陣陣如雷貫耳的尖叫聲與歌聲硬生生地穿過我的耳膜，灌入腦中。喜歡的人覺得很興奮、很熱血，不喜歡的人覺得是噪音，令人頭痛。
夏日早晨的教室	早晨溫暖的陽光穿過茂密的樹葉斜射在我烏黑的頭髮上，走進教室看見一束束的光隔著玻璃輕柔地灑在教室的每個角落，樹上的蟬大聲嚷嚷，為安靜的教室增添一分熱鬧的氣息。
游泳池	炙熱的太陽如火球般高掛在天上，早已換上泳裝的人們紛紛跳入冰水池子中消暑，沁涼的感覺從腳底飛快地傳到心頭，彷彿頂上的太陽只是一個裝飾品。
秋天的公園	陣陣的涼風輕拂地撫摸著樹葉，使樹葉颯颯作響，飄落的枯葉給著涼的大地蓋上了一層薄薄的棉被，準備度過今年的寒冬。
快結束營業的大賣場	看著大部分的人往出口的方向移動，顯得往反方向走的我更為突兀。黑色的原價被紅筆塗改多次，隨著時間愈晚價格愈低、人也愈來愈稀疏。在黑夜的壟罩下，大賣場結束了營業。

（周采豫）

演唱會會場	「隆—隆—隆—」音響的震撼和揮之不去的興奮使我目光始終駐足在舞台上的歌者，心中不禁吶喊「安可—安可」，聽場沒有結束的演唱會。
夏日早晨的教室	炎炎夏日，和煦的陽光灑在教室外的欄杆，反射穿透至我們的教室，進而恣意的在教室裡流竄，流竄一股令人窒息的夏日風情。
游泳池	就差50公尺便能抵達終點，我奮力地加快我的節奏，用力的划出最亮眼的成績，拍打最響亮的水聲。

秋天的公園	秋風颯颯的吹拂我的臉龐，我以沉重的步伐漫步在午後的公園裡，踩踏了片地的葉子，換得一身的寂寥。
快結束營業的大賣場	賣場的推銷員更賣力的推銷著自己的商品，三三兩兩的婆婆媽媽們搶在最後一刻蜂擁聚集，包圍各個推銷員，誰也不讓誰的想當個贏家，結束這賣場的戰爭。

（徐婕芸）

演唱會會場	炫目的燈光效果，隨著現場氣氛，時而閃動時而昏暗。台下的觀眾聲嘶力竭的吶喊著，不惜扯著嗓子，只為舞台上、他們唯一聚集的焦點。
夏日早晨的教室	右手抓著制服領口，好似拚命搧動著那一小角衣領便能如同揮舞芭蕉扇一般鍥而不捨。女生的頭髮被左手撩起又放下，男生不斷往窗戶外頭瞧，一旦有班級門窗緊閉，窗戶因摩擦而發出的尖銳聲便此起彼落。
游泳池	白色迸發的水花倏然燦爛，又隨即銷聲匿跡。相對於猛然求快的泳客，慢條斯里的蛟龍優雅地穿梭自如。活潑嬉鬧的小孩子們，有的在岸上碎步跳躍，有的在池裡自成一遊樂區，增添泳池一分生動活力。
秋天的公園	枯萎乾燥的落葉在幾個月前仍扶疏的在大樹下聚集成堆，像是被拘留的犯人，等著清道夫的再次來訪。而頑固的落葉們有個解救他們的好友，等到被吹上天時，和坐著涼亭的老者互望。
快結束營業的大賣場	紅色斗大的紙張寫有生動誘人的特價內容。倒數幾天最後降價等等字句緊緊抓住消費者心理。這一區還正在搶殺，賣場裡的廣播就宣傳著那一區又有優惠，引領人潮不斷流動。

（熊若婷）

演唱會會場	在一片漆黑的偌大會場中，擠滿數萬名粉絲，突然間七彩燈光一次聚焦舞台中心，歌手自上方吊鋼絲降落，華麗裝扮使粉絲們極盡所能的大聲歡呼，尖叫聲此起彼落。
夏日早晨的教室	輕輕打開教室的門，寧靜的早晨因夏日的燠熱催化，使同學們更容易進入甜蜜夢鄉。而我坐在座位上，吃著熱騰騰的早餐，仔細聆聽小鳥們的對話。
游泳池	清澈的水池中沒有一點波動，我用手指輕觸水面，一波波的漣漪延展開來。莫約凌晨五時的晨泳是最愜意的，我褪去了罩衫，跳入池中，享受與水共舞的片刻快樂。
秋天的公園	走入森林公園中的小徑，踏過由綠轉黃的無數落葉，冷風緩緩的吹過，將髮絲自然的拂過臉而順滑至背後。放眼望去，孩童們追逐跑跳的情景依舊，唯一不同的是原本綠意盎然的背景，因秋天的來到而顯得單薄。
快結束營業的大賣場	賣場中的人們聚集在生鮮蔬果區旁，漫不經心的閒晃著，忽然間，賣場人員走向蔬果區，換了價錢的牌子並拿起大聲公大聲叫喊，人們便以超越光速的行動力聚集至蘋果區，搶購限時最低價的優惠。

（劉巧萱）

演唱會會場	嘈雜的音樂震耳欲聾，在人山人海的會場中，隨著音樂來到了最高潮，人們的情緒也被帶到了最高點，如雷的歡呼聲不絕於耳。
夏日早晨的教室	才早自習而已，太陽就已高掛在空中，努力地發光發熱了，看似溫和的陽光，打在身上卻讓人感到燠熱，光坐在位子上就冒著汗。
游泳池	炎炎夏日，人們都跑到清涼的游泳池消消暑，溜著刺激的

	滑水道、打著有趣的沙灘排球，吃著沁人心脾的冰淇淋，一點都感覺不到夏日的酷暑了！
秋天的公園	金風吹拂，枯黃的樹葉片片凋落，空氣中帶有一陣陣的涼意，聽著秋蟬唧唧地叫著，讓空蕩蕩的公園更顯悽涼。
快結束營業的大賣場	本來總是人潮擁擠的大賣場，現在的顧客卻寥寥可數，這也代表著離賣場的大去之期不遠矣，但這時大賣場為了清理剩下的商品，隨時都有折扣呢！快趁最後的時間去撿便宜吧！

（鄭乃華）

演唱會會場	就在鎂光燈聚焦的那一剎，原本吵雜的會場突然安靜了下來，原來是偶像出場了，瞬間全場又是一陣歡呼，感覺連空氣都沸騰了起來。
夏日早晨的教室	陽光斜斜的滲入窗內，灑在我潔白的西松制服上，那暖暖的感覺，就像是一股能量，為我注入了新生命，也使我從昏睡中清醒。
游泳池	嘴裡清涼的可爾必思配上眼前清涼的泳裝辣妹，不禁讓我有了跳進游泳池的衝動，入水的那一刻彷彿全世界都停止了運轉。
秋天的公園	澄黃色的落葉乘著一絲涼意的秋風從我的臉龐颳過，耳邊彷彿聽見了小孩子的笑聲，也讓我緊繃的神經舒緩下來。
快結束營業的大賣場	我望著架上的特價品，正在猶豫不決的時候，身旁的人都走光了只剩我一人，那種強烈的孤寂感壓得我喘不過氣來。

（鄭丞翔）

演唱會會場	排山倒海的人群走進會場，喧鬧吵雜也隨之走入了會場之中。演唱會開始前，人們正尋找著更好的位置，只為了能更清楚的目睹那偶像的一絲風采。
夏日早晨的教室	一踏進教室，悶熱的空氣瞬時圍繞身旁，斗大的汗珠也漸漸地從額頭上滾落。嗡嗡作響的電風扇，吹出來的不是我們所熟知的陣陣涼風，而是令人滿身汗水的悶熱氣流。
游泳池	早晨的游泳池裡，由於剛放完水的關係，那漂白水的為道也顯得十分濃厚，但池中早起晨泳的老人們，卻絲毫不為那刺鼻的漂白水味，依然悠閒的游著泳。
秋天的公園	涼風陣陣，圍繞著公園的樹群也禿了一半，地上充斥著斑黃的樹葉，一堆一堆。在遊樂場玩耍的小孩，也在身上添了幾件禦寒背心，為了能更快適應這剛到的寒意。
快結束營業的大賣場	推著推車逛著，日常用品的價格依然不變，但食品的價格卻是為了能及早販售，而有著低廉的價格。提貨機也隨之初來，把過期的商品一個個下架。

（蕭玉雍）

演唱會會場	看著台上魅力四射的歌手，聽著自己喜歡的歌，周遭的人一個比一個瘋狂，他們和我一樣，有著共同欣賞的偶像。
夏日早晨的教室	一大清早走入教室中，空氣中不是花草的幽香，而是累積了兩個禮拜的廚餘味，看著教室中零星的幾個人，這就是我身處的班級。
游泳池	游泳池是為夏日消暑的聖地，在這裡，我像是一條魚，可以恣意地翱「游」，忘記炎熱的太陽，但是，為什麼學校的游泳課總是排在寒冷的一月啊！
秋天的公園	獨自坐在秋天的公園中，吹著那忽冷忽熱的風，雖然想和

	眼前的小朋友們一同享受遊樂設施，但又怕那可憐的鞦韆承受不住我的大屁股，我只好用羨慕的眼光，看著一群孩子玩耍。
快結束營業的大賣場	走在即將結束營業的大賣場，心中不免會有一絲絲感傷，但放眼望去，滿滿的出清大折扣，我的心中只剩下到底該買些什麼才好呢？

（賴季廷）

演唱會會場	會場外大排長龍的人們引頸期盼著，盡快進入演唱會觀眾區，而已擠身進入各自席區的觀眾情緒翻騰著，似乎連一旁歌手的造勢布條都為之震顫。
夏日早晨的教室	經公車冷氣洗禮又暑氣蒸騰後，一進入教室，發昏的頭便倍感放鬆：安詳的讀書氛圍與窗外頗有詩意的幾聲蟬鳴——儘管同學們以不雅的姿勢散熱著。
游泳池	假日開放的付費市立游泳池一如往常地在下日擠滿消暑的人們。岸上的人們靠著椅背或塑膠毯上談著天，而池中的人們在水中行走，試圖找更多的空間，一展手腳。
秋天的公園	幾片楓紅，數點寒鴉綴著年過幾十載的楓樹，底下公園長椅上漫談的人們不時望向前方的遊樂場，感受那躍動的天真活潑。
快結束營業的大賣場	賣場走道上稀疏地散佈幾點購買打折促銷品的人們，而收銀檯旁的收銀員各自點著帳，整個大賣場一反一小時前仍繁忙的景象。

（謝大川）

（二）請用具體的物象描述（五〇字以內），表現下列抽象的感受或氣氛

沉悶煩躁	耳裡傳來的是陣陣指間敲打桌面的聲音，少年托起臉，稿紙上卻是一面空白。
興奮激動	一陣尖叫，所有人高舉雙手，雲霄飛車瞬間衝向地面，在碰撞的瞬間，轉而又衝向天際。
悠閒自在	嚴肅的場面在一道琴聲而化解，幽柔的聲音打破了沉悶，帶領我們翱遊人間。
專注冷靜	大法官拿起木槌敲打幾聲，被害人的律師闡述起一條又一條的法條，個個都是加害人所犯的罪。
歡樂和諧	幼教員將手做為指揮棒，引領著小朋友唱起一首歌。

（王妤涵）

沉悶煩躁	一個人坐在堆滿課本、參考書、考卷的房間裡，死瞪著狹窄的書桌上，擺著的那份模擬考成績單，我拾起模考卷反覆翻了三便，嘆了一口十年份的長氣。
興奮激動	一對男女以一張方型桌子為界，雙方手中握著撲克牌，桌上擺著錢和酒，周圍圍了一圈的男男女女，吆喝起鬨著，女子在電光火石之間攤出她的王牌，一邊尖叫一邊比著勝利的手勢。
悠閒自在	睜開雙眼，迷濛地等著雙眼向鬧中對焦，指針正好掃過九。在床上翻滾了一圈，才想起：「今天放假呢！」雙手抱緊抱枕，再次迎向周公，找他下棋。
專注冷靜	滴──答──滴──答──鐘擺響徹整個夜，沙沙沙的書寫聲，出汗的手心握緊筆桿，筆尖吐出墨水渲染著綠格子，時間緊迫，但急不得，一篇有生命的文章，正在分娩中。

歡樂和諧	遊覽車上，孩子們搖擺著身體，稚氣的嗓音此起彼落，唱著老師前些日子教的一首歌——「朋友」

（李佳美）

沉悶煩躁	剛發了一張慘不忍睹的成績單，看著窗外下著滂沱大雨，突然想到自己又沒帶傘，心情又變得更加煩悶。
興奮激動	苦練鋼琴半年就未了在舞台上用五分鐘盡情地綻放光芒，通過檢定。終於在發布結果時聽到不錯的成績，不禁令人興奮激動。
悠閒自在	剛考完段考當天，再一個晴朗的下午，我坐在公元的大樹下，看著如海水般的藍天和悠閒的白雲，聞著綠地上清草的味道，令人感到非常放鬆、悠閒自在。
專注冷靜	在學測考場中，人人都帶著緊張的心情，二年來的努力就看這一次了。鐘響時，再也聽不見任何聲音，每個人都專注著盯著考卷，用盡全力地思考，生怕錯過任何一秒鐘。
歡樂和諧	在奶奶的生日，點燃了蛋糕上的蠟燭，大家一同唱著雖然簡單卻充滿意義的生日快樂歌。空氣中和諧的氣氛融化了每個人的心。

（周采豫）

沉悶煩躁	暑氣的煩悶直衝心頭，沉悶不安的心情盤旋在腦海中揮之不去，對於即將到來的考試，無奈的只能低著頭苦讀，而再多的苦水都得化作前進的動力，持續地成長茁壯。
興奮激動	看著比賽成績揭曉的那一刻，我不安的心情隨著勝利的那一刻消逝殆盡，我激動的向隊友訴說我的喜悅。
悠閒自在	悠遊徜徉於森林小徑，洗滌了我積累已久的壓力，隨著輕

	盈的步伐，舞出我心中的圓舞曲，時而哼唱著一首輕快的情歌，彷彿旁邊的野草也為你旋轉著。
專注冷靜	我專注的凝視桌上的數獨，分秒必爭，冷靜思考著所有的排列組合，以銳利的神情一步步解出所有的可能。
歡樂和諧	指揮揮動手中的指揮棒，台上的合唱團歡樂著齊唱出他們的四重奏，在一片和諧的樂音下，不禁浸漬在這感動的氛圍裡。

（徐婕芸）

沉悶煩躁	脹紅著臉、氣的齜牙咧嘴，擅自結束和媽媽你來我往的舌戰後，我甩上房門，回到自己的小天地，沒有平常的舒適自在，取而代之的事，焦躁、鬱悶、沉重。
興奮激動	還在調整呼吸、汗流浹背的選手和不停加油打氣的啦啦隊一同聚在跑道旁，專注地看著自己班級的跑者一棒傳著一棒。直到最後一棒突破重圍的瞬間，歡呼聲爆發四起。
悠閒自在	飛梭的車子因紅燈被迫停下，我竊笑著騎著腳踏車，炫耀般的從眾多車子前悠然地過著我的綠燈。我愛在繁忙的城市裡騎腳踏車冒險，唯有此能讓我完全放鬆，心靈舒暢。
專注冷靜	喧鬧聲從四面包圍，加油聲夾雜敵方的不祝福。站在罰球線上，萬眾矚目。龐大的壓力下，我只聽見自己心跳聲，只看見前方唯一的目標，無論球進與否，都要在這幾秒內奮力一搏。
歡樂和諧	鋼琴前奏一下，柔和的合聲唱出一整個班級的好感情。練習合唱的過程中，不免有偷閒的人搭上幾句話，但又能在開始齊聲歌唱時全神貫注。

（熊若婷）

沉悶煩躁	數學課的來到象徵著沉悶煩躁的時刻來臨。由簡易的零到十，搭配成千上萬的奇異符號，經過排列組合，成了無人了解的長篇經文，再由老師之手一行一行的抄寫在黑板上，配上平淡的口音，終究大伙成了一覺不醒的人形墓碑。
興奮激動	三對三鬥牛的場上，選手們無不使盡渾身解數進籃得分。而場外的加油團更是一刻不得閒，聲嘶力竭的為選手們搖旗吶喊。
悠閒自在	赤腳踏在純淨的白色沙灘上，感受沙的溫熱，一股暖流自腳底流至頭頂，闔上眼，彷彿置身人間仙境。心靈的不平靜頓時消失無蹤，張開手，我擁抱了太陽的和煦和溫柔。
專注冷靜	冷冰冰的木桌以整齊排列，一個個面容緊張的考生深吸一口氣，步入即將決定他們人生中另一篇章的考場。「噹！噹！噹！」鈴聲響起，考生們心無旁騖的提筆作答，所有的雜音消失，有如無聲的默劇真實上演。
歡樂和諧	面對各式各樣的美食佳餚，同學們無不垂涎三尺，張口大啖一番。拿起已成年才能品嚐的美酒，大家迫不及待的一口喝下，大肆宣揚自己的酒量。在歡樂的謝師宴中，大家有說有笑，嘴角不自覺上揚。

（劉巧萱）

沉悶煩躁	寫著長篇作文，絞盡腦汁把所有的素材融入作文之中，有種江郎才盡的感覺。
興奮激動	在球場上，呼聲此起彼落，人們跑來跑去，防守—防守—進攻—進攻，為了勝負而拼戰。
悠閒自在	聽著節奏輕快的爵士樂，喝著味道苦澀的美式咖啡，看著娛樂悠閒的雜誌，坐在雅緻的咖啡廳中，格外閒適。

| 專注冷靜 | 稀稀疏疏的小聲音，不是聊天的聲音，而是翻書和寫字的聲音，在圖書館中，大家認真的用功努力，連外頭下大雨也不知道。 |
| 歡樂和諧 | 「祝你生日快樂，祝你生日快樂……。」全家在為奶奶慶祝八十大壽，吃著蛋糕，喝著飲料，大家和樂地笑著。 |

（鄭乃華）

沉悶煩躁	睡不著的夜晚，搭搭搭的時鐘陪著我欣賞眼前的漆黑，此時的我只能翻來覆去，等待漫長黑夜的過去。
興奮激動	NBA季後賽快艇VS.雷霆的第七戰，剩下3秒比賽結束，此時快艇落後1分，這時保羅一個漂亮的抄截一條龍上籃——快艇逆轉勝！
悠閒自在	我用仰式飄浮在水面上，靜靜的享受著日光浴，閉上雙眼，我甚至不知道自己身處何處。
專注冷靜	我繞過隊友的卡位，在三分線外接獲了傳球，在一個假動作晃起防守者之後，穩定的出手球空心入網，還進算加罰。
歡樂和諧	在奶奶的八十歲生日趴上，大家一同舉杯向我們親愛的奶奶送上最真誠的生日快樂與祝福。

（鄭丞翔）

| 沉悶煩躁 | 燥熱的空氣繞於身旁，看著公車站牌的時刻表，自己的車還要數十分鐘，又熱又燥，加上車子所排放的廢煙，令人煩躁。 |
| 興奮激動 | 距離結束還有五秒，我們已經領先了八分，就算對方使出渾身解數，也無法改變我們贏的事實，之前的努力都沒有白費。 |

悠閒自在	春陽乍現，午後的微風輕拂著臉，周遭的空氣也是清爽動人。坐在公園涼亭下，看著人們輕鬆的散著步，溜著狗，也有幾分愜意。
專注冷靜	在考場上，每一題，每一個決定，將影響自己將來的道路，因此每一個細微的線索，將成為我考量的因素，所有的情緒皆拋於九霄雲外，腦裡只有——考試。
歡樂和諧	一年一次的春節，也伴隨著一年一次的家族聚會，家族間的成員也因許久不見，而個個大談闊論，彼此的臉部也倚著笑容，這熱鬧的場景，才是所謂的春節。

（蕭玉雍）

沉悶煩躁	上課時間中，看著檯上的人在那邊自言自語，想睡覺又睡不著，想自習又靜不下心來，算了，還是玩手機好了！
興奮激動	段考完的大掃除時間，我們玩起了計畫已久的水球大戰，玩到後來有人連水管、可樂都用上了，雖然全身都黏答答的，還被倒了滿頭可樂，但還是覺得很開心。
悠閒自在	悠閒的星期五早晨，趁著四下無人，翻牆出去看個《X戰警：未來昔日》。人生就是要享受才對，什麼指考，讀書，不要理他了啦！
專注冷靜	一步步的走入考場，雖然已經有要指考的準備了，但學測還是要好好的考。拿起彼，開始跟一道道考題展開戰鬥。
歡樂和諧	被騙到了校園的角落，一把把的鹽巴，一瓶瓶可樂，和一瓶又香又濃的烏醋，通通朝我的身上潑來，隨然可能有點慘烈，但我還是很開心的，畢竟有人願意幫我過生日，怎麼可能不開心呢？

（賴季廷）

沉悶煩躁	死盯著眼前一長串數學習題計算過程，三十分鐘過去了，卻始終找不出是何處錯誤，導致答案不一。手指末端開始抽動，衝動著想一展無處可洩的煩躁。
興奮激動	收到禮物的那一剎那，我幾乎不能控制自己一呼即出的興奮，於是就將其轉為跳動，而又不能止。誇張之甚，從旁人看來就像戲劇誇示效果一般。
悠閒自在	晚風吹過晚上的街道，甫自補習班下課的我借過北市公共自行車，騎在車輛稀疏的道路上漫遊著。不特別趕著回家，就任由腳下順著一高一低的節奏隨興地踩著。
專注冷靜	在印刷字體間，我的目光專注得熾熱，穿梭於每一個情節對話與景物描寫。耳邊無絲竹塵囂之喧，手緊抓著書身沉浸其中，彷彿超脫於空門之外。
歡樂和諧	圓桌旁為了一家子人，許久不見互道著最近生活上發生的新鮮事。坐在上座的祖父母亦許久未與兒女、孫子女相見，便笑得合不攏嘴，雖然無事可分享，也覺得十分和樂。

（謝大川）

寫作訓練二　引導寫作

　　生活中有許多原本微不足道的人、事、物，卻往往蘊含著深意，端賴我們細膩的觀察與敏銳的想像，這些蘊含深意的事物才得以展現其發人深省的感染力。請以「……的啟示」為題，透過生活事物的觀察與思辨，撰寫一篇主旨明確、取材完整的文章。文長六○○字以上。

寫作說明

　　透過具體物象與抽象事理之間的聯想與呼應，讓學生明白探索具體事物背後所蘊含的義理是寫作中必備的能力。本單元長篇之引導寫作以「……的啟示」為題，雖然較為傳統，但是在練習的過程中最能清楚要求學生必須以具體事物為引子，進而延伸出深刻的反省或人生的哲理。這是寫作基本功，也是每期寫作訓練營必須呈現的單元，許多學生從第一期參加至第五期，也從當時高一的懵懂逐漸進步到高三的通達事理，在平凡無奇的題目中，仍可看見學生精彩而成熟的寫作表現，包含流暢的語言、適當的取材與深刻的思考，茲取十篇優秀作品，以呈現學生認真努力之後的成果。

數字「7」的啟示

李佳美

　　夏日豔陽，執著的熱浪潮都市中的人們鞭打過去，城市中的空氣都是急迫、煩躁的味道，而便利商店 7-11 宛若是荒漠中的甘泉，佇立在繁華的街道上，以親切的叮咚聲，呼喚疲憊的腳步，迎向他的懷抱。

　　這日，我拖著快被三十九度融化的身軀，如孤魂野鬼在市區裡穿梭，汗珠延著臉龐滑落，打濕我的衣領。無意之中眼角瞥見了那抹橘綠紅三色交雜的招牌，大大的羅馬數字七映入眼簾，我立即朝他奔去。悅耳的叮咚聲響起，涼風襲人，本來無力的靈魂頓時被注入一股新的力量，向櫃檯點了一杯研磨咖啡，隨後再休息區找了一個靠窗的座位，甫要坐下，鄰座的一位先生正好吃力地站了起來，此時我才注意到他沒有雙臂，少了一條腿，他站立的體態，完全像是羅馬數字「7」，一個富含生命力的「7」。

我放下手中的冰咖啡，無關是否我認識這位先生，我就是執意要上前攙扶他，那位先生和藹的面孔先添了幾分訝異，而後取而帶之的是一抹燦爛的微笑，我立刻想起這張教人熟悉的面孔——謝坤山。他在我的極力邀請下，又重新坐了下來，我更把握難得的機會，向他請教一些我對他多年來的疑問。

談笑間，我不經意的提起對他站立的體態所興起的聯想，並且告訴他：「外國人都將七視為最幸運的數字，可是我覺得在您身上卻形成了一種無形的諷刺。」他哈哈大笑了幾聲，道出他自己的看法：「怎麼會？我不認為我不幸啊！反而，妳讓我有了新的演講題材，我是個身上有個幸運7的人。」

到了最後離別的時候，他俐落地裝上義肢，在我的目送之下，走出便利商店。此時此刻的我，驚覺到：明明是微不足道的一個數字7，卻帶給我無數的啟示——「7」是便利商店的招牌，是一種救贖的象徵，是一個殘障人士的體態，是一種樂觀進取的人生，更是帶給不幸之人幸運的Lucky Seven。

評語 取材新穎，不落俗套，看似平凡無奇的「7」竟有如此深刻的省思與激盪，首段的氛圍營造尤其引人入勝，為文章造就更具美感的藝術價值。

海倫凱勒的啟示

王妤涵

　　在小時候上學時，最期待的就是老師說要作活動。有一次老師發給每人一個口罩和耳塞，兩人一組，其中一人將口罩掩住眼睛並帶上耳塞，另一人帶領著他走樓梯。而我們走到最後不是口罩開一半就是耳塞只帶一個，又有誰是認真的去感受這個活動的意義呢？又或者我們年紀還想不透其中的道理？答案就不得而知了。

　　小時候的懵懂，讓我們從未思考過「她」想告訴我們什麼，而我是在故事書裡被「她」所啟蒙的。

　　喜愛閱讀的我，或許在小時候就注入習慣了，當我翻開精緻的繪本，靈魂便悠遊在字裡行間。小時候的「她」，原本是個活潑可愛的女孩，卻在一歲多時發高燒而失明、失聰，在一開始，「她」用自創的手語和家人溝通，但隨著年齡增長，「她」越無法壓抑脾氣而使之暴躁，在六歲時，家人便給「她」找了一位家庭教師 —— 蘇利文老

師，她帶「她」感受這個世界，有時後摸摸那草，有的時候撫過那河水，使「她」又變得開朗，並勤於學習。

　　沒錯，「她」就是海倫凱勒。在我長大之後，回來看這本繪本時，我的感受更加深刻，或許小時候的我只會想她真是厲害，長大後我確認為海倫凱勒時分的努力，她熬過了艱苦的時候，一生忍受黑暗及無聲，她並沒有尋死，反而更加努力。若她都能如此，那我們不是更該學習她嗎？這便是海倫凱勒賜予我的啟示。

（評語）以小時候親身體驗的遊戲開頭，帶出聾與盲的初體驗，次段再娓娓道出閱讀海倫凱勒故事的歷程，文字誠懇而流暢。唯敘述歷程文字詳實，而啟示與省思在字數的比例上則略嫌稀少。

成果發表的啟示

周采豫

　　聚光燈下，我和我的夥伴準備在舞台上發光發熱，四個月來的努力就是為了這一天。聚光燈的紅外線、觀眾的尖叫聲、學長姐的加油聲，再我身邊環繞著，如中彈般地壓在我身上。整齊的步伐、優雅的槍法、華麗的刀法在舞臺上發揮的淋漓盡致，秉持著責任、紀律、榮耀；帶著不畏艱難的意志，風雨無阻的熱忱，揮灑熱血與青春，我們在舞臺上綻放光芒，在歡呼聲中成功落幕。

　　成發結束，心中彷彿少了什麼重要的東西，一種莫名的空虛感油然而生。當時成發前我們天天練習，連假日也不放過。雖然時常覺得疲憊，但這一切都是為了在成發那天有讓人眼睛為之一亮的精采演出。有著共同的目標，五十個人一條心，不怕吃苦也不怕勞累，用汗水與淚水交織出一場完美的演出。這份團結感、榮譽感盈滿著我的心。成發若少了任何一樣都不可能成功，而我深深地體會到了這一

點：在某段時間我們曾經因為權力而產生內部鬥爭而時常故意用計陷害別人，使其無法完成進度，因為如此，使得當時的練習進度嚴重地落後。

這場成果發表對我來說意義非凡，它不僅是一場成發，而是教了我人生大道理的老師，它讓我懂得團結，懂得做人，更讓我懂得如何當一個好的領導者。而長江後浪推前浪，該是學弟妹們發光發熱的時候了，這成發也將會交給他們這些東西；讓他們的人生經驗更加豐富。

評語　描述社團成發的歷程詳實而生動，字裡行間可感受到你在社團成果發表時的熱情與投入。唯省思與啟示只有末段所提的懂得團結、懂得做人之外，應有更深廣的哲思如「辛勞之後的果實是甜美」、「面對人性好鬥機心的態度」等等，皆是社團活動可帶給自己的成長。

做義工的啟示

徐婕芸

　　回憶如濾紙般層層濾出最精華的片刻，片片鑲進那年既模糊又清晰的時光。一經思緒拂起，便憶起那年最令人深刻的畫面，如今時光飛逝、物換星移，依然不變的是那最純粹的感動。

　　依稀記得那年我帶著忐忑不安的心情踏進療養院裡，那次是我第一次主動報名參加義工的活動，所以也格外令人緊張，腦海中有無數個畫面浮現，浮現昔日我與他們和樂融融的場景，他們訴說著他們的青春年華，我傾訴著我的未來與憧憬，多麼令人感動的畫面啊！只不過那畫面只停留在我的幻想裡。

　　有別於以往的療養院，這次服務的對象是身心障礙者，他們有些是重度的智能障礙，有些有重度的老年失智症，然而，唯一相同的是——他們皆是被家人遺棄、厭惡的可憐人。當我們踏進療養院的第一步，四面八方的呼喊聲把早晨睡眼惺忪的我給震醒，彷彿他們用盡

生命的餘力，全力嘶吼著，我以為他們是不歡迎我們的到來，可是一旁的社工姐姐卻說他們正在熱烈的歡迎我們，接著下來便是一連串的服務。我們在社工員的教導下，各自前往自己服務的地點。我的地點是音樂教室，看著他們如孩子般純真的歌唱著，心中湧起一股感動，他們帶給我一首首令人溫暖的曲目，雖然始終聽不出來他們唱些什麼，卻深深感受到他們的喜悅和感激。到了中午，令人印象深刻的是他們的餐點，由於他們的身體狀況，所有餐點都得打成泥狀讓他們容易消化，面對眼前那碗泥土般的餐點，卻要叫他們一口一口的往他們嘴裡送，實在令人不捨，直到那一刻才發現，我所擁有的是多麼的珍貴，對他們而言卻是多麼遙不可及。

海倫凱勒曾說：「把你的燈提高一點，好照亮他人的路。」這次所帶給我的啟示，不僅僅讓我更珍惜我所擁有的事物，更讓我深深感受到當義工的辛苦，所謂的「施比受更為有福」就是能用我所擁有的去照亮別人，在付出的同時亦可以看到不同以往的世界，讓他人能一同分享你所擁有的。

評語　對義工服務歷程的描述細膩而清晰，讀來感覺歷歷在目，而省思雖只有末段明示，其實在敘事的字裡行間早蘊含你豐富的體驗與感想。首段由現實帶像時空回憶的文字尤能引人入勝。

戒指的啟示

熊若婷

　　窗戶外漆黑一片，涼風陣陣吹進房內，但我的心卻和書桌上的檯燈一樣明亮、溫暖。接收了一整天的祝福，我掛著微笑，心滿意足地打算以書本結束十八歲第一天。

　　寂寞無聲的深夜，我眼睛若有似無地看著書上的字句，腦袋早已飄離了那些螞蟻，悄悄地陷入這天的愉悅回憶裡。正當我時而竊笑、時而感動時，叩叩的敲門聲格外響亮。我被驚嚇拉回現實中，而門外那頭是捧著小盒子的母親。

　　媽媽笑瞇瞇地一直盯著紅色半圓弧的盒子，嘴上回憶起每個我從襁褓到現在成年的重要事件，惹得我又想哭又想知道那紅盒子裡的秘密。終於，媽媽打開了手中緊握的盒子，裡頭是一枚基本款式的金戒指。媽媽希望我能如這枚戒指般，不用為了追求華麗而忘記質樸的美；不要被炫目的外表矇蔽而看不見簡單樸素的亮眼；切忌鋒芒畢

露，引人忌妒，而要內斂和圓融；更重要的事，就算外表不是最吸引目光，也要有自己獨特的內涵和價值。讓人拿起來這戒指時驚覺有所份量，不容小覷。

我們倆一直站在房門口，這番話更是聽得我佇立不動。我驚訝一枚金戒指原來有這麼多的意涵，更被震懾的慢慢咀嚼她的期許。我收下了這充滿智慧的成年禮，原以為隆重的儀式告一段落了，紙條上寫著母親最深切的祝福：「希望你能如這枚金戒指，永遠保重。」這句話一直在回復寧靜的夜裡餘波盪漾。

評語 全篇氛圍營造極佳，筆端亦帶有豐富的情感，對於戒指所蘊含的深刻含意也能充分表達。

手工餅乾的啟示

劉巧萱

　　經過一整天的疲勞轟炸，我拖著沉重的軀殼，腳步緩慢的離開學校。沿路的花草樹木，因為我的興致缺缺，而顯得不那麼動人。搭上公車，隨意找了一個位置坐下，此刻的我是一攤軟爛的泥巴。沿途的人事物有如快轉般的帶過，似乎已經沒有什麼能牽動我的情緒，直到她們的出現。

　　走下公車，眼神木然的直視目的地，有如坐標系統，在腦袋中預設一次路程所需時間，大腦主機便自動關機，像個機器人走過馬路。遠方身穿鑲紅邊黃色背心的女人們引起了我的注意。「大哥哥、大姐姐幫幫忙，一包餅乾只要五十元！」不絕於耳的叫賣聲隨後傳來。在這十字路口，一位年紀稍長的姐姐帶著另一位神色與常人不同的女孩，捧著紅色方型籃子。籃子內擺滿各式各樣的手工餅乾。他們走向一個又一個路人，卻鮮少有人理睬。出於良心譴責，我掏出零錢買了

寫作單元一

一包，在詳細閱讀完包裝後，我便羞愧得無地自容。

她們是由喜憨兒基金會募資培育的喜憨兒寶寶，為了避免出社會後受到不平等待遇或者歧視，基金會不惜砸重金培養他們的一技之長。與常人不同的是，由於先天上的缺陷，使得他們在學習時得多花十倍的時間，只為學習像揉麵團這樣的簡單動作。待辛苦完成可口的餅乾，封裝後，便拿至街上販售，享受自食其力的成果。

在製作過程中，他們所受的挫折並不比我少；在販賣的歷程中，路人的視若無睹仍然不挫敗他們的堅強意志力，反而使他們單純的心更樂觀。那麼只需讀書而不必擔憂其他事的我，又有什麼資格喊苦叫累呢？於是我收起倦容，打起精神，朝向我的目標邁進。

回家後，我打開包裝，拿起一塊圓形的巧克力色餅乾，一口塞進嘴裡。巧克力的濃郁香味，彷彿是他們的熱情，時時刻刻提醒我不要放棄希望。她們是我低潮時的推手，每當我疲累得沒有志氣走下去時，只要買一包餅乾，和他們談天，便又擁有十足信心面對一切困難。她們，是我的天使。

評語 這是一個每人都可能經歷過的平凡故事，卻在你細膩而真誠的描寫中變得偉大。對於手工餅乾的形成背景、推銷情景及自己品嚐手工餅乾的感受與省思，均能深度體會，適切表達，足見寫作功力之成熟。

練吉他的啟示

鄭乃華

　　「難以忘記，初次見你，一雙迷人的眼睛⋯⋯，只怕我自己會愛
上你，不敢讓自己靠得太近⋯⋯愛上你是我情非得已。」在舞台下，
看著學長姐們賣力的表演這首膾炙人口的經典情歌，我也燃起對吉他
的熱情。

　　現在很流行的烏克麗麗，外型就像個迷你的葫蘆，有著青翠響亮
的聲音，而吉他就是放大版的葫蘆，相較烏克麗麗，有著六條弦，演
奏的聲音是更加豐富，變化更為多端，流行、民謠、搖滾、古典和爵
士，這些曲風都可以藉由吉他來詮釋。上了高中，社團首選就是吉他
社，剛加入吉他社時，完全是個初學者，對吉他一無所知，只是對吉
他抱有憧憬而已，所以在一開始就吃了好多苦頭，由於吉他是用鋼
弦，而且把位相較烏克麗麗更多，和弦的變化也很多，手就必須開得
很大才能按到位置，手也要按得很用力才行，不然和弦會無法展現好

聽的聲音，光是練習一個小節，手就按到快要破皮了，更不用說要練完一整首歌了。有些同學原本就學過，看著他們輕鬆的彈吉他，是又羨慕又忌妒，但是我對吉他的熱情繼續驅使我練著吉他。

　　現在已經是吉他社的學長了，看著下一屆的學弟妹們辛勤地練著吉他，想到自己也經歷過那段懵懵懂懂的時光，以前只知道上台表演的光鮮亮麗卻不知道表演背後，是由多少的練習和汗水才促成的，經過了練吉他的過程後，我也了解了表演背後的辛苦。

評語　練習吉他是許多年輕人的喜好，對於練習過程所受的辛苦能夠娓娓敘述，是本篇文章最大的特色。在輝煌成就與光鮮亮麗的背後，必先經歷刻苦而惕勵的淬練。

神農嚐百草給我的啟示

鄭丞翔

　　穿越過一片接著一片的樹林，越過一條接著一條的溪流，翻過一座接著一座的山丘，聽遍了各式蟲鳴鳥叫以及看遍了各式奇珍異獸，為的就是那一株株能夠幫助人類的藥草，不論嘴裡的枝葉是多麼的苦澀都得用力吞下去，這就是我所知道的神農氏，也是我從小到大的偶像。

　　十年前我第一次從老師那裡聽聞了有關神農嘗百草的故事，當時老師說：「神農氏冒著有可能會中毒的危險，一株一株的親口品嚐試驗其療效，最後終於嘗盡了天下的草藥。」那時的我其實還不太了解神農氏的偉大之處，只覺得我應該要效法他的精神才對，於是當天中午的嘗遍了班上所有同學的便當，隨著年齡的增長，我逐漸體悟到原來堅持著做同一件是直到完成為止是件如此困難的事，這時我才恍然大悟，原來過去老師曾講的那個故事，這時要傳達的就是那不怕艱辛

與困難為了目標堅持到底的信念，我想這樣就是神農嘗百草給我的啟示。

國中時有次我代表班上參加學校舉辦的馬拉松大賽，就在眾人的歡呼聲之中，我們有如脫韁馬兒般向前衝刺離開起點，只是大伙兒都是賽場上的佼佼者，所以遲遲無拉開距離形成了不分軒輊的拉鋸戰，這時天空不作美竟然下起了磅礡大雨，結果參賽者一個接著一個離開了跑道去附近躲雨，唯獨我屹立不搖的甩開了遮擋視線的溼瀏海，並且凝視著前方，因為我想起了神農氏給我啟示，不論在如何困頓的環境下都一定要奮戰到底，最後雨停了我也成功的到達了終點。

古人云：「譬如為山未成一簣，止，吾止也。」這句話說的真好！也許不是每件事堅持到最後都一定會有收穫，但能夠肯定是半途而廢一定什麼都沒有，所以我會把神農嚐百草的啟示謹記在心，作為我一生奉行的宗旨。

評語 鍥而不捨，勇往直前是神農嚐百草所呈現的精神，本篇不僅明白揭示這種精神，更能以自身參加馬拉松經歷為例，使文章取材更具說服力。

織田信長的啟示

賴季廷

　　身處於燃燒的本能寺中，回顧自己的一生中，沒有死在比自己更強、更狠的勁敵手中，卻是被自己最信任的部下害死，這樣的死法或許是作夢都未曾想過的吧？自己風風光光的一生，運用火砲打倒了各式各樣的敵人，勇於和西方傳教士交流，得到了新的技術，讓國家富強。如今，這一切都如夢一般的消逝了，隨著匕首插入自己的體內，一代英雄的故事就此謝幕。

　　織田信長的成功，在於他勇於接受新知，當其他諸侯還在用冷兵器作戰時，他在戰陣中使用火槍，因此可以戰勝他人。當他人都還拘泥於佛教文化中，他勇於和西方傳教士接觸，透過貿易和文化交流，在經濟和制度中超越了其他諸侯。這些明智的決定讓織田信長可以在群雄並起的時代中脫穎而出，也讓我理解到，畫地自限是沒有任何好處的。擁有寬闊的心胸，去接受新事物，讓自己不斷的進步，無論是

在過去或未來，這都是成功的不二法門。

為什麼織田信長會死於明智光秀的叛亂？而不是死在武田信玄或上杉謙信這樣的強敵手中？織田信長對待屬下太過刻薄，當發現一個人沒有利用價值了，就將他流放或找一個罪名將他殺了。當明智光秀發現自己被冷落時，害怕自己有如此淒涼的下場，只能先下手為強。火燒本能寺，逼迫織田信長在其中切腹身亡，放他人一條生路，同時也是放自己一條生路。如果沒有那麼冷血的待人性格，或許統一日本的就不是豐臣秀吉，而是織田信長。

看完了織田信長的一生，他勇於改革和接受新知這點是值得學習的，而他對人的冷漠無情是值得警惕的，和他人相處時，多一點諒解，多一點包容，我相信遵照著這幾個方法，無論在任何時空、任何國度都是可以成功的。

評語　歷史是人類發展中最具說服力的借鏡，本篇以日本著名幕府將軍織田信長為例，說明他成功的原因，也點出了後來失敗的關鍵，文章敘事清晰，說理明暢，在取材與立意上均為佳作。

打籃球的啟示

謝大川

　　一聲聲令人興奮的運球聲，有時加快節奏，有時忽地停止，隨即一記劃破對手視野的傳球，投籃，得分。不同於運球聲，是不斷加速的脈搏聲，每一次得分，就讓加速的幅度更高一些。我欣賞眼前的一幕幕，如此美麗且令人血脈噴張，在不知不覺下我似乎得到了些人生道理。

　　運球、傳球、搶籃板……，一連串的合作與競爭在此半場內演出。一個隊伍三個人，在三分線內跑位著，配合自己隊友或各自負責著防守對手。一人運著球在三分線附近遊走著，試圖找到最佳的位置切入禁區，然而，此一嘗試不斷被對手阻擋。突然，一記傳球伴隨著信任的目光，射向自己的隊友，然後突圍成功。合作的重要性不正是如此嗎？不正是如古人所述「團結力量大」嗎？

　　我曾認為三對三與一對一的籃球比賽是一樣累人，但直到一次與

朋友比試後，才真正認識到三對三的美妙之處。那時，我只管拿到籃板球後便自行回場、切入上籃，儘管有對方防守，卻還能勉強突圍。但我很快便累了，開始出現失誤。此時隊友提醒我要多傳球，不只為了能保存體力，也為了更有效率的進攻。我才恍然大悟，並笑自己從小聽慣的「團結力量大」竟就如此處於個人籃球表現的盲點。

現在那句聽慣的話與前方快攻得分的歡呼聲再次襲入我的腦中。我心想著個人表現華麗的招式固然可以帶來讚嘆，但那只能說是表演吧！最動人的籃球比賽，是充斥著信任與無數合作。我心拽著這再一次收穫的人生道理，笑著拍拍隊友的手，一同向球場上走去。

評語 首段籃球比賽的氛圍營造得極為傳神，對於比賽過程的描述也極為生動。籃球比賽注重團結合作與隊員之間的默契，在本文也充分表現這份啟示。

寫作單元二

寫作中的伴奏與配樂

——寫作的氛圍營造

◎範文閱讀與分析

以「台北市國語文競賽教師組作文比賽題目——知識即國力」為例

八月底的台北依舊豔陽高照，校園圍牆邊的鳳凰木舞動著青翠的枝葉。還記得驪歌初唱的六月，它放肆地開滿紅花，結實纍纍的彎刀形豆莢，把枝葉壓得低低的，如今秋風乍起，紅花已凋逝殆盡，豆莢也枯落塵土，只剩那青翠細緻的小綠葉，承接著秋陽的蒸騰暑氣。

才送走一屆高三畢業的學生，轉眼暑假已過，又得迎接另一屆新生的來臨。始業訓練、註冊、開學，然後正式上課。對我而言，長假過後的適應不良已非教學的問題，只是一屆帶過一屆，時光荏苒，讓人有光陰飛逝、年華老去的慨嘆。走近三樓的長廊，初秋的早晨依然燠熱，每間教室因為開放冷氣而緊閉門窗，在這沉悶攝氏30度的早晨，確實需要空調來冷卻浮躁不安的情緒。走進教室，看見一雙雙生澀卻又清純的眼睛，我警覺地告訴自己不要辜負這些想要追求知識的童稚心靈！我儼然唸起課文，誦讀著孔子與學生的對話。

子曰：「盍各言爾志？」

子路曰：「願車、馬、衣、裘，與朋友共，弊之而無憾。」

顏淵曰：「願無伐善，無施勞。」……

那朗讀的聲音在密閉的教室裡格外清亮，看著學生們乖巧地記下我講解的每一句話，許多疑問也忽然閃過耳際——我能不能給他們充足的知識，去面對這瞬息萬變的社會？我能不能將這些知識轉化為他們面對挑戰、面對競爭的力量？十年之後，他們可以將這些知識內化在自己生命當中，成為自我安身立命的基石嗎？當知識成為一股力量，不正是實現個人自我與提升社會國家整體競爭力的基礎嗎？

　　沒錯，知識就是力量。知識必須呼應於宇宙自然的規律，才能歷久不衰，放諸四海皆準，成為個人立身行事的準則，成為社會建構秩序的標竿，亦可成為國家締造理想國度的模範。

　　知識就是力量。知識必須落實於現實生活，才能展現它的價值。有人說，任何完整的知識體系，若不能體現於生命之中，就和垃圾沒有兩樣，即使如《論語》、《孟子》所講述的道德，仍需要實踐於現實生活，才是恆久的至道。

　　知識就是力量。知識是要解決問題，而非製造麻煩；知識是要創造價值，而非耗費資源。幾千年來，人類累積了深厚的知識，看似創造了前所未有的幸福生活，但那只是物欲的滿足，心靈的空虛卻愈擴愈大，恰呼應著千百年來人類積累的垃圾、虛耗的資源和殘害的生命。如果我們造的知識無法解決現有地球的問題，無法創造未來生存的價值，那知識就只是一隻製造麻煩、耗費資源的怪獸。

　　知識就是力量。知識必須以文化為後盾，再擴及財經與科技。已故專欄作家張繼高先生曾說：「文化落後，財經不會領先」，「世界上不會有低文化國家而能產生高科技的」。綜觀目前世界的資訊產業，軟體資源仍掌握於微軟、蘋果等大企業中，而亞洲的科技產業僅能從事相關的硬體代工，這就是文化發展無法跟上科技硬體所帶來的窘境。沒有向下紮根的文化教育，就沒有真正的科技強權。

　　課堂上，我唸著孔子心目中的志願……

　　子曰：「願老者安之，少者懷之，朋友信之。」

　　要造就一個孔子心中的大同世界，我們必須發揮知識的本質與真諦。讓我們傳播的知識能符合宇宙自然的規律；讓我們傳授的知識可以實踐於生命之中；讓我們建構的知識可以解決人類的問題，創造恆久的價值；讓我們以文化為後盾，創造足以傲視全球的知識水平。唯有如此，才能讓知識成為國家社會的穩固力量。

　　下課鐘聲響起，我步出教室，那高掛天空的豔陽烘熱了我的臉龐，遠處的鳳凰木依舊在輕風的吹拂中搖曳著它的枝葉。在初秋的校園，我心中蕩漾著造就知識與作育英才的熱切期盼。

◎理論說明：氛圍營造的美感效果

　　所謂氛圍營造，是藉由景物的描寫或情境的鋪陳，以營造特殊的氣氛。在寫作中常被運用在小說的情節，或用以烘托人物，或作為故事背景。事實上，散文的創作亦可使用氛圍營造來增加文章的感染力，無論是議論或抒情的文體，藉由景物描寫所營造的情境，確實可以烘托情理，增加文章的美感。

（一）營造氛圍以引人入勝

　　細膩而合乎秩序的景物描寫，通常可以觸動讀者的共鳴。這篇文章在篇首所描繪的初秋校園，只要是經歷多年教育洗禮的台灣師生，都可能觸動心中的熟悉感。至於教學情境的描寫，對於中學國文老師的記憶更不會陌生。原本只可能是一篇論說散文，卻因為校園景致與教學情境的描繪，觸發了想一窺文章究竟的動力。這就是篇首氛圍營造所形成的「引人入勝」的感染力，使其觸動讀者共鳴不只是說理內的涵而已，更可能涵蓋生命歷程中的共同記憶，令人沉浸在文字的情境中而玩味不已。雖然每個人接受教育的經歷不同，然而初秋校園的暑熱、鳳凰樹下紅花爭豔、綠葉隨風搖曳的景象，卻可能是所有人共通的意象。而筆者細膩而又秩序的景物安置、虛實交錯的時空安排，又在這共通的意象中融入了新穎的筆法，其引人入勝的效果更加顯著。

（二）烘托情境以凸顯事理

這篇文章以「知識即國力」為題，主題思想則藉由四個面向的論述來凸顯知識就是力量的真諦。這是文章的主體。而首尾的景物描寫營造了一種以校園為背景的教學氛圍，頗適合用於烘托「知識就是力量」的議論內涵。雖然那只是文章中的次要材料，卻能形成「藉賓形主」的作用，使「知識即國力」的論述內容在特殊背景的烘托之下，更凸顯其義旨。當然，此文若只論述「知識就是力量」就已經是一篇完整的文章，但是從文字篇幅與寫作內容來看，這樣未免流於單調貧乏，無法在諸多競賽作品中脫穎而出。反之，透過校園教學氛圍的烘托，「知識即國力」的論述彷彿結合了教育理念而更具說服力，而篇幅的增長與內容的豐富也確實增添文章的美感。

（三）首尾呼應以架構篇章

以論說文的謀篇布局來說，運用「起、承、轉、合」的形式是最常見的技巧，其首段的「起題」通常會與末段的「結論」具備內容上的承接關係，以達成首尾呼應的效果，如此才能營造結構完整的美感。此篇文章卻另闢蹊徑，首段的情境與末段的氛圍在情節上是聯貫的，從校園景物的描寫，到上課教室的氛圍營造，進而《論語》內容的朗讀，以至於下課鐘聲、豔陽撫照、綠樹輕揚的景物，都是一系列的校園情境，無論是空間的安置，還是時間的流轉，都是合理而貼切的，而整體的氛圍分置於首、末兩段，亦具備首尾呼應的美感。就文章結構的完整性來看，此文是合乎標準的，而相較於傳統「起、承、轉、合」的謀篇形式，運用氛圍營造以形成首尾呼應，其「賓、主、賓」的轉位結構，更具有變化之美。

（四）訴諸感性以兼融剛柔

論說文的寫作依照其論述內容與謀篇形式，通常容易展現陽剛的風格。本文「知識即國力」亦屬此一文類，故其理性的分析、嚴密的邏輯、堅定的觀點與綱舉目張的秩序性，造就了沉穩而理性的文字風格。然而在文章主體的論述之外，本文首尾的氛圍營造卻從感性著筆，以細膩的景物描寫和婉轉的心境敘述，營造一種輕柔優美的格調，在這種近似陰柔風格的包孕之下，文章主體所呈現的陽剛風格也出現了化學變化，即以感性之筆起首，以感性之筆結語，理性的論述並未削減其邏輯的說服力，反而多了剛柔互濟的感染力，使本文的風格呈現多樣的面貌，與一般論說文僅展現理性而陽剛的風格大異其趣，而這種兼有剛柔風格的文章，更容易在競試的作品中獲得較多評審的青睞。

 寫作訓練 氛圍營造在各體散文中的應用

（一）記敘兼抒情文

春雷響後的甘霖，有著萬物蓬勃的喜悅與想望；夏日午後的瞬間雷陣雨，往往令人驚恐害怕，躲避不及；當東北季風吹起，低溫下的霪雨霏霏，又常常使人心煩悶，低潮不止。每一種季節，每一種不同的時空，還有芸芸眾生的千百種性格，對於「雨」，總有不同的情緒與感應。請以「對雨」為題，結合你的生活經驗，敘寫你對雨的感覺。文長六〇〇字以上。

寫作說明

　　這篇文章在要求學生抒發對「雨」的感受，並結合自我生活經驗來寫，所以是記敘兼抒情的文體。敘述事件不能沒有景物的描寫，尤其作為抒情的張本，景物描寫更是重要。所謂「一切景語皆情語」，在於藉景物以傳達深刻的情感，所以這篇文章的氛圍營造對於情感的抒發更行重要。若將氛圍營造的寫竟部分置於首尾，其所形成的呼應更能烘托對雨的情感，這是引導學生寫作此篇必須特別強調的原則。

寫作單元二

對雨

林亞嫻

　　又到了夏天，狂風怒嚎，窗外起了滂沱大雨，窗戶也隨著風聲敲起了輕快的節奏，外頭的大樹也隨著他一起跳起了舞，大雨不停的下著，我在家裡的沙發上又聽到了電視裡傳來了一陣陣哀嚎，不禁又讓我回想起了十幾年前的一場大雨。

　　十幾年前的那一個颱風天，我們到了南部的阿嬤家玩，外頭的強風暴雨的侵襲，裏頭也開始下起了小雨，屋上的瓦片被強風所吹落，天線也被吹彎，年幼的我被這個罕見的場景嚇得躲入母親的懷中發抖，深怕房子成受不了颱風的摧殘而應聲倒下，父親則忙著搶修，這件事讓我當時幼小的心靈留下了不抹滅的傷痕。

　　每個人對雨的體驗不同也會對下雨天有著不同的體驗與感悟，也會因不同的季節，不一樣的心情而對雨抱持著不同的看法與見解，以不同的角度去解讀同一件事會有著不一樣的心境。

早上下雨大家往往會感到不悅，因為上學上班必須撐雨傘，穿雨衣，但有的人往往會因為早上不用升旗而感到喜悅，下午下雨有人會因為體育課不能打球而傷心難過，有人會因為不用打球而開心；在不同生活影響下也會有不同的心情。

如果一個剛失戀在下雨天會顯得更悲傷而討厭下雨天，如果一個人剛交往處於熱戀期那他會很喜歡下雨天，因為這樣就可以順理成章地與戀人同稱一把傘一起漫步在雨中，這些是因為個人當時的心境不同，而對雨有這不一樣的解讀與詮釋。

這些都是在不同的背景下而對同一場雨有著不同的領悟。

窗外又下起了雨，我又想起了那件往事，心中暗自覺得害怕，我想因為我對雨有著不太美好的回憶而如此，但時光流逝或許有一天我能夠從中釋懷。

評語 首尾的情境呼應的非常密切，情境的描寫也能適切地烘托全文的抒感說理，是一篇文情並茂的文章。

（二）論說文

> 　　拜科技之賜，手機、電腦和網路的發明為人類的生活帶來了便利，卻也衍生出許多詐騙罪惡、心靈沉淪、志向迷惘的缺失。數位產品究竟是提升了生活品質？還是帶來了人性的迷失？請以「論數位產品的優點與缺點」為題，撰寫一篇主旨明確，結構完整的文章。文長在六○○字以上。

寫作說明

　　如何使用氛圍營造的寫景技巧融入說理之中，是學生寫作此篇最需要注意的部分。所謂數位產品，不外乎有形的電腦、手機與平版，及無形的網路世界，這篇論說文在於評價數位產品為現代生活帶來的優點與缺點，若要融入氛圍營造最直接的景物描寫莫過於使用3C時的各種情境，同學若能以描寫使用手機或網路之情境入手，再過渡到說理與評論，便能使提出的理念或見解因氛圍營造而更為凸顯，增加其說服力。

論數位產品的優點與
缺點

林宸樺

　　「歡迎光臨！」店員高亢的招呼聲迴盪於客人滿座的咖啡廳內，
本該有著人們熱絡的交談聲，現在卻只有輕音樂在空氣中跳著獨人
舞。玻璃窗外充斥著車子的噪音與紅綠燈的提示音，坐在我對面久未
謀面的三位國中同學，各自沉浸於自己手機的花花世界，低著頭、撐
著臉，已經過了十五分鐘，四位同學兩年不見的昔日友情，經不起數
位時代的凝結發展，擊碎後只剩下一片片沉默的碎片。

　　如此光景的現代社會，全球各處都可見到，人們交流缺少了交
談，社會失去了活力，這真的是我們追求的未來嗎？從問題的源頭來
想，手機真的是我們需要的嗎？在瞬息萬變的社會裏，沒有手機的人
被當成原始人，擁有最新款手機的人就像明星偶像般的被所有人仰
慕，但是一台薄薄的機器除了便捷的資訊傳達，它還能給予我們什麼
呢？擁有一台令人垂涎三尺稱羨的手機也許代表財富的多寡，卻也限

制了人與人的情感對話交流。人的心智漸漸被虛擬世界給侵蝕，被啃蝕得破爛不堪的心靈，要如何再與親友相處親密，甚至交到心靈寄託的朋友呢？

換一個方向思考，數位產品雖然使人與人的心靈漸漸疏離，卻也將相隔數千公里的國與國串聯成了地球村，不分國家，不分種族，世界無限條的網路連結，讓所有人快速傳達、牽繫著彼此。幾年前日本福島大地震驚動全球，在事件發生後的數秒內，數位產品發揮極大作用，災情實況在人與人，家與家，國與國之間傳播，全球媒體也因此將上萬充滿愛心及憐憫情的台灣人慷慨解囊捐出上億善款震災刊登為頭條新聞。

我望著窗外人來人往的路人，多數低頭透過螢幕找生活樂趣，不禁嘆了一口氣，將目光移回老朋友身上，手機或許讓你們了解全世界，但眼前許久不見的朋友卻不知如何互相交談，我啜著最後一口紅茶，期望在未來能夠尋找到被資訊污染、侵蝕心靈的那塊淨土。

評語　在論說文的論證文字間，首尾鑲入使用 3C 產品的情境描寫，使文章變得更有感染力，也讓論證的觀點更有說服力。

（三）記敘文

> 　　眼睛是靈魂之窗，它可以表達人性的單純或複雜，也可以傳遞思緒的快樂或悲傷，更可以聯繫人際的親密或疏離。在你的記憶中，是否有哪些人的眼神曾經傷害過你，令你久久不能釋懷？或曾經挑起你心靈的悸動，令你魂牽夢縈？請以「眼神」為題，敘說你曾有過的感動。文長在六○○字以上。

寫作說明

　　這一篇「眼神」雖然定位為記敘文，仍不可缺少情感的抒發，只是以自我經驗為寫作的主軸，其氛圍營造更不可缺少。具體來說，書寫一個故事應該具備人、事、時、地、物等各個面向，而氛圍營造就是屬於「地」的面向，一般學生在述說一個故事時往往容易忽略場景的描寫，殊不知場景描寫對於人物與故事情節，具有正面烘托的效果，一個故事的感人，除了情節鋪敘精彩、人物刻畫細膩之外，其情境描寫所營造的氛圍也是重要條件之一。基於這樣的概念，即使是散文中短暫故事的描述，一、二句場景的鋪陳都能增添故事的感染力，這就是氛圍營造技巧在記敘文中可以發揮的最大效果。

眼神

江雅晏

　　在一個炎熱的早晨，陽光毒辣的曬著路上的行人，我懷著忐忑的心情佇足在西松高中校園門口，隔著鐵製欄杆，我直鈎鈎的盯著校園內的場景——偌大的粉紅色建築、幾株盛開在校園門口的鳳凰花，和一隻伏在地上大口喘氣的校犬。這平凡到不能再平凡的地方，便是我高中三年所就讀的學校。

　　循著公告欄的指示，我踏著沉重的步伐進入的教室，走進教室的那一剎那，我感覺自己像一位不速之客，好幾對陌生又帶著防備的眼神毫不留情的將我上下打量，那一刻，排山倒海的恐懼向我襲來，我想大喊，但喉嚨好像被甚麼東西哽著無法發聲；我想逃跑，雙腳卻像綁了鉛塊般不聽使喚。最終，在理智的支配下，我選了個靠窗的位置迅速入座。

　　八點的鐘聲一響，一位帶著眼鏡綁著馬尾的女生走了進來，匆匆

向大家自我介紹後，隨即便央求大家也一一自我介紹，輪到我時，我蹬直了雙腿，才硬生生地開口說了幾句，便感受到令人窒息的壓迫感，好幾對生疏而帶著猜疑的眼睛，狠狠的瞪著我，眼裡的陌生令我卻步，就這樣，我硬生生地吞入已到嘴邊的話語，隨即便坐了下來。接下來的一切，如同我預料，大火仍是透露生疏的眼神，人與人彷彿隔著一層透明的屏障，似有似無。

隨著日子一天天的過去，事情慢慢有了轉變，原本陌生的眼神，現在都透著一絲溫暖與好奇，同學們開始毫無顧忌地聊起天來，笑聲逐漸爽朗了起來，眼神逐漸清亮的起來，連微笑，也絢麗了起來。

九月底，天氣依舊和煦，但空氣中卻增添了一絲涼意，校門口的鳳凰花早已凋謝，溽暑逐漸被涼秋所取代；我佇足在鐵製欄杆前，回想這一個月來的點點滴滴，一張張親切和藹的笑臉浮現在我腦海中，我獨自沉浸回憶的柔波中，「早安！」一個爽朗的問候打斷了我的思緒，我猛一回頭，便看見一位同學熱情地揮動雙手，那彎成半月形的雙眼，閃爍著暖意，耀眼、動人。

> 評語　首尾的氛圍營造，相同的場景，不同的季節，代表著時空的流轉，也代表著同學情感由冷漠到熟悉的轉變，烘托著眼神的流動，讓這份友情躍然紙上。唯眼神的流動可以再多一些描寫，可以和首尾的場景描寫相互輝映，這才是成功的氛圍營造。

寫作單元二

（四）學測考題試寫

　　司法院大法官會議做出第六八四號解釋，認定大學生如不滿學校的處分，有權可提起訴願和行政訴訟。臺灣大學李校長表示，依據《大學法》的規定，學校在法律的範圍內有自治權，學生也有很多申訴管道；大法官做出這項解釋，可能造成學校和學生之間關係的緊張。學校是教學的地方，學校和學生之間的關係，應如何維持和諧，避免陷於緊張，而影響教學活動，是學校和學生雙方面都應關心的問題。對大法官的這項解釋和李校長的反應，以你在學校的親身體驗或所見所聞，請以「學校和學生的關係」為題，寫一篇完整的文章。文體不拘，文長不限。

寫作說明

　　這是100年學測國文科非選擇題的長文寫作，從引導文字的內容和寫作要求來看，是不折不扣的論說文。相較於99年「漂流木的獨白」、98年「逆境」、97年「逆境」、96年「走過」、95年「雨季的故事」，連續五年偏於記敘抒情的長文書寫題型，100年突然出現這一篇以社會議題為論說的考題，確實在當年引起諸多學子的恐慌，而取讀大考中心後來公布的範文也表現平平，原因不外乎現今高中生大都擅長故事的書寫或心靈的抒發，卻拙於社會議題的闡論。事實上，將氛圍營造融於議論之中，對於闡論的議題頗有烘托的效果，此篇的寫法當然也不例外。學生只要確定自己的立場，在議論中輔以校園景物的烘托，仍可寫出具有深厚感染力的好文章。

學校和學生的關係

林品嘉

　　從學校西側走廊望出去的天空經常美得教人嘆息。薄雲輕浮的萬里晴空也好，將天邊渲染得粉藍漸層的夕景也罷，每每令人忍不住拿出手機記錄下那絕美的景色。癡癡看著遠方，偶爾想起過去近三年在學校的往事。

　　猶記當年初入學時，對於學校諸如「進校門時必著整齊制服」、「不得染燙樣式奇特之髮型」等規定有諸多不滿，覺得自己已經上了高中了，幾乎是半個大人了卻還得被這麼約束著，常和著一群同學一同大發牢騷。

　　時至今日，國家對於制服的法規已然更改，學生不必穿著制服進校門，各種各樣新奇的、怪異的、招搖刺眼的穿搭爆炸似地出現在我眼前時，這才明白了那條「必著整齊制服」的立意：學校是溫和的教育場所；如此視覺上的喧囂實在是過於遮蔽了學校教化的作用。

　　於是我仍然默默守著「著整齊制服」的習慣。

　　從前也曾對成天在耳邊叨念著規範、神出鬼沒「記人於不備之時」的教官們多所埋怨。然而兩年半過去，回顧以往，教官們哪一次不是苦口婆心勸導著的？

　　天邊絢爛的夕陽漸沉了，如墨般的深藍漸漸吞噬殘存的粉紅色。畢業的時節將至；離開的時辰到了，這才覺得或許在簿子上記下我們名字的教官的心情，也許正如對著孫悟空念經的唐僧一般：「看著你痛我的心也跟著痛，可是我卻不得不念經，因為只有這樣才能使你乖巧。」

　　天全暗了。這麼多個日子過去，期盼的、憤懣的、大哭不止需要人安慰的情感從沒少過，只是我真正記下的，實在求學途中，一路支持我、看著我，盼我迎向驕陽般燦爛前程的老師或教官，甚至是學校這棟建築物，鼓舞的目光。

評語　適度融入校園景色，使原有的論說文讓人有耳目一新之感。你對於融景於議論的技巧極有天賦，依此模式再多加練習，文章可望鍛鍊出自己的優美風格。

寫作單元三

渲染舌尖與心靈的味覺
——飲食文學的體驗與寫作

 寫作訓練一 文本閱讀與分析

請閱讀下列文章，並根據文章內容回答問題：

美國流行一種 Cafeteria 的吃法，中文譯成「自助餐」，因其一應食物，連同餐具皆由自取。其實這種吃法比「自取」更突出的本色是「涼吃」。所以，把西餐的另一種 Buffet party 譯成「冷餐會」倒是很恰當的。西餐不是沒有熱菜，只是比中餐冷；自助餐則幾乎等於「冷餐」。洋人居然能倒退這一步，更表明他們根本不在意飯菜的冷吃熱吃。

熱吃是中餐的靈魂，在中國，「冷餐」本該沒有立足之地。但中國經過幾十年嚴酷的自我封閉，一旦打開鐵門，人們對西方先進文化「飢不擇食」，只要新鮮就熱烈歡迎。成批湧入的跨國集團公司經常舉辦招待會或大型宴會，動輒幾百人同時進餐，現代生活又要快節奏，自助餐真是「生逢其時」，在改革開放後的大陸得到了廣闊的用武之地。

蹩腳的自助餐居然走紅，更得利於它是「乘虛而入」。「虛」指的是年輕一代賞味能力的下降。

假如中餐用這種辦法吃，那不如乾脆把中國的烹調藝術取消算了。自助餐的冷冰冰，能壞了國人在「味道」上千年的「道行」；它的害處其實更深廣，甚至會壞了整個中華飲食文化。

中餐之美，不光是單個菜品的味道上。菜餚品類繁多，繁了就會雜，就是古人說的「叢然雜進」，涼熱葷素一起下肚，不僅沒了美味，更會造成脾胃不和。自助餐的食品多達百十種，趕得上一席中餐菜餚；但兩者卻有本質上的不同。中餐體現著中華文化的「整體性」，使各因素的關係達到理想的平衡。

自助餐的吃法，賓、主隨意落座、自由走動，甚至站著吃；在破除宴席禮儀的同時，也顛覆了中餐突出具有的社會功能。往嚴重處說，這可能會動搖中華文化。（節選自高成鳶《從飢餓出發——華人飲食與文化》）

寫作說明

　　這是一篇批判歐美自助餐之冷食的文章，作者對於西方冷餐的飲食方式頗有微詞，甚至認為會危害整個中華的飲食文化。同學只要掌握作者反對歐美自助餐的思維脈絡，就能清楚回答本文的主旨與核心價值，至於持贊成或反對意見，只要學生能自圓其說，都算是對本文的正確呼應。

1. 這段文字主要在闡述飲食的什麼現象？

❖ 西式自助餐的冷食吃法嚴重破壞中國傳統的餐飲文化。（黃安汝）

❖ 說明西式自助餐在中國無法完全取代中餐的飲食方式，且可能破壞中華餐飲文化。（蔡榮敏）

2. 作者對於歐美自助餐的核心觀點是什麼？

❖ 歐美自助餐偏重於「涼吃」，不符合中餐熱食的精神，而且可能傷害脾胃，影響健康。（黃安汝）

❖ 歐美自助餐的冷餐不利人體健康，不像中國傳統餐飲的熱食比較能維護國人體質，而且有違中國的飲食文化。（蔡榮敏）

3. 作者認為歐式自助餐會動搖中餐的文化，甚至影響中華文化
的基礎，你是否贊成？為什麼？

❖ 我不是很贊成作者的觀點。一來因為歐美自助餐多樣的菜色可以
提供許多選擇，人們可以選擇多樣食物，反而可以達到飲食均衡
的效果，反觀中餐有時一桌子擺滿許多菜，看似豐盛，卻顯得浪
費，而且中餐較油膩。第二個原因是，歐美自助餐隨機取用，可
隨意走動，營造輕鬆自在的氣氛，我反而覺得中餐過於拘謹。
（黃安汝）

❖ 我贊成作者的觀點。歐美自助餐大都是生冷的食物，放在室溫下
容易腐壞，吃起來也不健康。至於因取餐而隨意走動的飲食文
化，餐桌上的語言互動變得極少，也不符中國傳統的飲食禮節。
（紀佳彣）

 寫作訓練二　美食品嘗親體驗

寫作說明

這是一個即食即寫的體驗活動，活動設計的目的，是希望藉由描
寫感官知覺的體驗，深入探索自己因感官刺激而引起的心靈反應，分
項書寫只是逐步引導，學生若能清楚掌握感官知覺與心靈之間的聯
繫，亦可直接寫自己的感受。

（一）品嚐食物：三峽金牛角麵包

（二）口味：菠蘿

（三）品嚐時間與地點：六月十五日十點鐘，在一個天氣舒服的教室裡。

（四）品嚐前的心情：悠閒、愉快的心情，迫不及待的想要快點品嚐。

（五）金牛角的色、香、味（外觀、香味、觸感等）：金牛角的外觀是金黃色的，中間鋪上一層波羅，聞起來有麵包的奶油香，牛角的主體摸起來是平順的，波羅的觸感則是凹凸不平、脆脆的。

（六）品嚐過程：一開始拿到金牛角的時候，就可以聞到它濃濃的奶油味，打開之後便情不自禁的咬上一口，咬下去的剎那，香味便在口中散發開來，非常美味。

（七）品嚐中、品嚐後的心情：三峽的金牛角果然名不虛傳，酥酥的外皮再加上菠蘿，是以前從沒吃過的組合，第一次嘗鮮就留下了好印象，我覺得這是一個很棒的創意，在眾多的牛角之中，三峽能脫穎而出，就是因為它懂得創新，所以我覺得很不錯，是一個值得推廣的美食。（鄧鈞至）

（一）品嚐食物：三峽金牛角麵包

（二）口味：咖啡口味

（三）品嚐時間與地點：六月十五日上午，一間有點悶熱卻時有微風吹來的教室

（四）品嚐前的心情：昨天因為熬夜，早上來上課時還有點想睡，因為疲倦悶熱，心情有些浮躁不安。

（五）金牛角的色、香、味（外觀、香味、觸感等）：當老師一打
開金牛角麵包的紙盒，麵包香甜的味道撲鼻而來，使原本昏
睡的我逐漸清醒，我特別喜歡那個蘊含濃濃咖啡香的金牛
角，深咖啡色的外皮，透著令人興奮的咖啡香味，牛角的兩
端是硬的，中間較粗的部分卻是軟中帶硬，那油亮的咖啡色
外皮一定是塗上一層香油，香氣逼人，令人迫不及待想咬一
口。

（六）品嚐過程：我抓著牛角的兩端，將硬硬的尖角咬下，那酥脆
的麵皮瞬間在我嘴裡跳躍，摻揉著咖啡的香甜滋味，我還想
再咬第二口。吃到中間的部分，外表的麵皮依然酥脆，而內
緣的部分卻是鬆軟無比，那烤熟的麵包口感，比牛奶土司的
味道還要清爽柔嫩。老師還附帶一人一瓶冰鎮的「純喫
茶」，當牛角麵包塞滿整嘴時，此刻適時地吸上一口綠茶，
瞬間將口中的乾澀消除，此時身體的悶熱也逐漸緩和。

（七）品嚐中、品嚐後的心情：原本精神不濟的我，實在不想寫
作，在這仲夏悶熱的教室，誰願意去啃那乾硬的麵包呢！可
是三峽的牛角麵包果然名不虛傳，無論外表、香味、口感，
均屬一流，再加上口味多樣而創新，在品嚐過程中，我第一
次感覺到感官知覺與心靈味覺的交流，我覺得從今以後要好
好的享受美食，也感謝老師給我這次體驗心靈味覺的饗宴。
（江雅晏）

寫作訓練三 　為臺灣的美食編寫推銷企畫案

美食家焦桐曾經為臺灣鐵路便當隨筆寫下經營的策略。他說：

　　臺灣的鐵路便當有極大的發展空間，和想像空間。如果臺灣各地的火車站月臺都恢復賣便當，也都能表現地方特產，會是多麼迷人的鐵道風景。

　　諸如火車停靠基隆，月臺上的便當是白湯豬腳、天婦羅，或是碳烤三明治，還附贈一塊「李鵠鳳梨酥」。車到臺北，便當內容可以是「富霸王」滷肉飯、傻瓜乾麵、「呷二嘴」的筒仔米糕、大腸包小腸、牛肉麵、淡水阿給；若是傳統便當，主菜不妨換成「賣麵炎仔」的白斬雞，或「阿華」的鯊魚煙。車到桃園，月臺上有「百年油飯」、菜包，便當菜色換成鵝肉，或滇緬料理如米干、大薄片。車到新竹，月臺上買得到城隍廟口的潤餅，也有炒米粉加貢丸，附贈竹塹餅或水蒸蛋糕。車到苗栗，月臺上全是客家口味，福菜、梅乾菜、封肉，客家小炒。車到臺中，便當難道不能附贈太陽餅、綠豆椪或鳳梨酥？車到彰化，供應的是焢肉飯、肉圓、肉包、羊肉，蝦猴、蚵仔、烏魚子、土雞蛋也都可以參與演出。車到嘉義，火雞肉飯出場。車到臺南，「再發號」燒肉粽在月臺播香，也吃得到蝦仁飯、蝦捲飯。車到高雄，供應有烤黑輪、黑旗魚丸、各式海鮮，以及木瓜牛奶。車到屏東，便當裡的主菜是萬巒豬腳。火車駛經南迴鐵路，看到中央山脈見到太平洋，來到臺東車站，便當裡的池上米飯，搭配精心烹製的白旗魚。停靠花蓮，便當的主菜可以是曼波魚、馬告雞。車到宜蘭，便當裡的白飯用的是合鴨米煮成，亦無妨換成蔥油餅；主菜可以是天籟鴨，搭配鴨賞、糕渣……
（節選自焦桐《臺灣肚皮》）

　　臺灣鐵路便當全省模式統一，賣相大同小異，此現象固然可以保證便當品質的一致性，卻凸顯了鐵路局因故就簡的守舊心態。讀完焦桐的這段描述，是否引發了你的創意？其實，臺灣有許多其他行業或景點，也存在著相同的問題。請你就下列美食、行業或景點，針對其缺點，重新規劃完整的經營策略：

寫作說明

　　這個寫作訓練採用分組討論的模式，各組根據每一位成員的意見，最後必須匯整出一個完整的敘述。在思考如何發展其創意美食時，同學必須同時思考其可行性與在地性，以免天馬行空，以致無法實現你們的理念。

（一）老街飲食

　　沿著「九彎十八拐」道路往上攀援，九份老街有著山城的特殊景觀，蜿蜒曲折的山路是它交通的致命傷，其實如果能在山腳下的大型停車場，設置中小型巴士的密集接駁，應可改善假日交通阻塞、上山無處可停車的窘境。此外，九份老街的芋圓、紅糟肉圓、傳統茶藝館應該可以相互結合，形成一個連鎖生產線，可以為九份帶來更多的經濟價值。

　　大溪老街最具特色的是它的巴洛克式的建築，遊客除了觀賞這些建築之外，老街的傳統美食如「草仔粿」、「碗粿」、「豆乾」等，應由政府與民間企業合作，一方方面開發更多樣的口味，一方面也可以為飲食衛生把關。此外，老街因為道路狹窄，無法停放大型遊覽車，建議在大型停車場與老街之間修建高架道路，以利更多接駁公車的運作。

　　淡水老街基於方便的捷運交通，為它注入了經濟的活水，卻也扼殺了它原本的傳統風貌。我們覺得在捷運廣場應該舉辦更多有關淡水歷史沿革的展覽活動，或設置歷史博物館，以保存淡水重要的歷史文物。而距離海口而特有的海鮮美食應該更具規模，其餘如「阿給」、「鐵蛋」、「魚酥」、「魚丸」等淡水道地美食應該由政府介入輔導，使這些美食在衛生、口味及經營模式上更加便民，應該可以成為淡水的重要經濟來源。（倪千涵、呂依璇、林愛雅）

（二）高速公路休息站

　　由北到南的高速公路休息站，各有其地方特色，每一鄉鎮也有特殊的名產。例如：「泰安」休息站位於苗栗地區，當地除了客家美食之外，也因為是原住民泰雅族所在，所以客家美食如桂竹筍、甜柿、火龍果、生薑等，以及原住民的小米酒、土雞，都應適時展示在休息站，或提供訂貨宅配服務，而此地的溫泉相當有名，或可提供溫泉旅社與休息站之間的交通接駁服務。

　　又如位於國道三號的「關西」休息站，那更是客家莊所在，所以設置客家美食餐廳、休閒擂茶等應是可行的。

　　再如南部的「關廟」休息站，可結合臺南的農產品及地方美食來推廣，如鳳梨、關廟麵、粿仔、擔仔麵等等，可以經營屬於南國風情的休憩區。

　　根據統計，所有高速公路休息站中，屬中部的「清水」休息站面積最大，來往人潮最多。清水的米糕、大甲的小林煎餅、玉珍馨的奶油酥餅都是遠近馳名的特產。目前這些名產都能在清水休息站找到專櫃，它應是高速公路休息站實現在地美食精神的典型。（黃冠傑、莊其樂、許恆瑞）

（三）各地 7 ELEVEN 零售店

臺灣是一個便利商便密集的國家，以7-ELEVEN 來說，再這個路口看到一間，在下個路口馬上就能找到另一間。便利商店雖然方便，但是每家店幾乎長的一樣，沒有自己的特色，若能在不同的地方，結合當地特色，便利商店就能不再只是一成不變。

台灣是個很有特色的地方。若是在陽明山上的便利商店，能和「花」來作聯想，賣花或者是送花給來消費的客人，也可以配合溫泉，推出花紋溫泉蛋。若是在深坑，可以販售臭豆腐。若是在金門，可以結合當地盛產的高粱，做出高粱蛋糕或高粱餅乾，讓它不只是做成高粱酒，而是更多老少咸宜的食品。若是在蘭嶼，則可以和飛魚季作配合，像烤蕃薯一樣，可以現烤飛魚。若是在澎湖，便可以利用當地的地質景觀——玄武岩，將便利商店的外觀裝潢成玄武岩的樣子，讓來到澎湖的人更能體驗當地特色。

便利商店的「同一性」，讓人們有熟悉的感覺，但它也能「在地化」，讓光顧的客人能夠體驗當地的文化，在遊玩之際，也能感受到當地人的貼心。(丁虹如、游理涵、倪千涵)

 寫作訓練四 引導寫作

在你的記憶中，哪一種食物給你最深刻的印象？哪一次的飲食給你最美好的心靈感受？請選出一種食物（生食、熟食、正餐、點心皆可）敘述它的色、香、味等外觀，並描述自己品嚐這一食物的感受，再結合自己的生活記憶，定義此一食物在你生命中的美好價值。題目自訂。文長在600字以上。

寫作說明

　　食物可以直接觸動我們的感官知覺，更可以觸動更深層的心靈味覺，進而讓我們響起生命中曾經美好的經驗。只要學生能夠掌握食物與味覺、食物與心靈互動的脈絡，自然可以寫出扣人心弦、牽動心靈味覺的好文章。當然，適度的氛圍營造仍有烘托食物與心情的效果，千萬別放棄氛圍營造的利器。

美味的想念

丁小宇

第七百三十一天了，暗夜中我瞪著手機上閃爍著的計數日提醒，兩年多的時光如流沙般毫不留情的吞噬著我，再也數不清這是第幾個夜晚被同一個惡夢驚醒。唯一陪伴在我身側的是無盡的黑暗，它彷彿想用龐大的身軀給予我最後一絲的溫暖，徒勞無功的，我自己知道，那和夢中的場景一樣，任憑我如何聲嘶力竭，也喚不回愈走愈遠的爺爺……。

走在每日必經的療養院迴廊上，早已習慣那刺鼻的消毒水味和深灰色石磚的冰冷。手握著門把，深吸了一口氣，將嘴角的微笑用力拉開，出聲喊道：「爺爺，小花來看您了。」眼前的景象，使我的笑硬生生垮了，鼻頭的酸意湧上。爺爺拿著電視遙控器執拗的說要打電話給曾祖父，不忍心和他說曾祖父早已去世四十多年了，我忍著欲奪眶而出的淚水，向前柔聲地說：「爺爺，曾祖父在山上種田呢，電話收訊差，咱們等等再撥，好不？」安撫著他坐好吃完米粥，躺下歇息眼眸攔淺在爺爺憨然如稚兒的睡顏，發病後的這兩年多的光陰，在他的臉上留下一刀一斧的刻痕，望著眼角、額頭和臉頰的皺紋，我失了神，不知凝望了多久，被爺爺喃喃的夢囈打斷，含糊的語句中，爺爺說：「小花兒，來和爺爺到灶房，我煮了熱呼呼的地瓜圓湯，快嚐嚐呀！」掩著面，我痛哭失聲，淚水熱辣辣的刺痛了雙頰，思緒轉繞

著，回到了爺爺進療養院前的那個寒假……

依然不忘那個寒假、那爺爺山上的老宅和那碗地瓜圓湯。刺骨的北風吹打著木門，喀喀作響，我抱著小炭爐蹲坐在灶房邊，看著爺爺吹燒的柴火和他灰撲撲的臉，爺爺知道我難得上山，特意買了新鮮的地瓜和薯粉，要為心愛的孫女煮碗熱甜湯。蹲的腳都快麻了，爺爺揚著慈愛的笑容，將那冒著熱氣的甜湯端上桌。白底樸素的瓷碗裡，浮著一顆顆如橘紅色日光石的地瓜圓，舀起一口甜湯，那清甜的蔗糖香便佔據了整個喉間，小心翼翼的撈了一顆地瓜圓，輕咬一口，蒸熟的地瓜裹著薯粉躍然齒間，搓揉過的彈牙外皮和蒸煮過的香甜內餡，早將寒冷驅散，留下底心裡濃得化不開的溫暖和滿足！

每每憶起那深藏於心的回憶，胸口總有如被細針千扎萬刺，縱然回想起是痛的，但也在苦痛後留下微風般淡淡的快樂。我明瞭阿茲海默的病症正一分一秒侵蝕著爺爺的身軀，從簡單的自理能力，慢慢的、慢慢的，最終遺忘了他的小花，甚至是他自己。不奢求上天為我改變這一切，只盼求祂讓爺爺曉得……活著的每一天，他都是被我愛著的，和那地瓜圓湯一樣，深深烙印於心，永不忘懷……。

評語 使人能夠感覺出自己和爺爺強烈的情感聯繫，實在深刻動人。——林辰樺
看完之後有著的深刻感動，回憶像是刻在你心中無法忘懷，也透過文字優美地表達出來。——莊韻儒
深厚的感情與深刻的感動，藉由優美的文字表露無遺。這份深深的思念與憂心，讓人心疼，讓人感同身受。——陳嘉萱
地瓜湯圓和爺爺的情感能充分結合，確為佳構。惟文章前兩段鋪陳過長，至第三段才出現食物的描寫，有點「喧賓奪主」之感。——蒲基維老師

寫作單元三

簡單的幸福

王博榕

　　繁華的街道上總有寧靜的時候；忙碌的旅人總有休息的時候；再美的綻放總有凋零的時候……待在台北車站，看盡了人潮如潮汐般地起落，在它落下的同時，正是我離開的起落。

　　拖著早已疲憊不堪的身體，支撐著我的力量是那碗熱騰騰冒著白煙的湯麵。每當一補完習，媽媽總是像隻忙碌的蜜蜂穿梭在廚房的每個角落，就只為了幫我準備一碗剛出爐的湯麵。粗白的烏龍麵搭配著一片又一片的蔬菜在配上那可口的貢丸結合出那耐人尋味的滋味，最重要的是裡面更是擁有著媽媽的愛心宛如雞湯般的營養；同時滋潤著我的生理與心理。

　　那粗白的烏龍麵富含嚼勁，彈牙到如同跳跳糖在口中散開，而那一片又一片的蔬菜散發出台灣土地的味道，讓人享受到土壤和陽光的香氣，體會到大自然的芬芳。貢丸更是富含了更多元的層次，從外層

的豬肉到裡層的香菇，從原本鬆軟的口感到彈性的口感。將這些口味一一的堆疊起來，會產生出奇妙的化學變化。舌尖上的味蕾體會出的是更上一層的味覺感受，鼻子體會出的是嗅覺上的感受，這樣的雙重享受是言語無法形容的。

喝了一口湯，會有更驚奇的領悟，除了更上一層的綜合饗宴，身體上的每個細胞彷彿遇到甘霖的花朵般紛紛地綻放，驅使著我一口接著一口，深怕被別人搶走。

這碗加了烏龍麵、蔬菜、貢丸的湯麵除了讓我的胃感受到滿足外，心靈上更是一大的享受，讓我知道我不是一個人，不管如何都有人陪在我的身旁支持著我。

這湯麵是最簡單的幸福。

寫作單元三

評語 筆調純粹樸實，足可以感受到文字背後的情感，譬喻運用的很切實，看了都餓了。——黃麟茜

文筆樸實，善用譬喻，但詞藻簡白，可多加精進，可再多加一些心靈感受。——陳家瑜

描述得極為生動，讓人有面前就有一碗湯麵。譬喻用了很多，但心靈上的感觸可以多加描寫。——陳嘉萱

描寫食物活潑生動，文字新穎富畫面感，唯個人體悟篇幅略顯不足，且最後一段有些單調，多些句子可使文章更為完整。——林奕成

關於烏龍麵及品嚐的描寫可謂精彩，然而味覺與心覺的深刻體驗之後，應該還有部分的情感，如親情的交流，夜裡孤單後的溫暖，疲憊之後的充電等等，若能具體描述出來，此篇美食文章才有價值。——蒲基維老師

家鄉的味道

田雨昕

　　整瓢湯匙放入口中，頓時心中的情感爆發，紅了眼框。這熟悉的味道，是過了兩年依然忘不了的味道。在國外住了不管多久，最懷念的仍是那家鄉的佳餚——油飯。

　　在陌生的環境生活，對任何能和家鄉連結的事物都會加倍的感動。其中最讓我印象深刻的，就是母親在美國親自下廚煮的傳統式油飯。雖然在台灣，油飯是常見易買的，在國外要吃到店家作的就已不太可能，更別說自己買食材製作。首先要準備香菇、肉絲、魷魚乾等配料，接著還必須有醬油、麻油等調味品。最後，最重要的就是要到中國城買蒸竹籠和台灣進口的糯米。

　　母親先向祖母要了食譜，接著便著手將這些稀有珍貴的食材揉轉成台灣道地的油飯。當糯米經過蒸籠的悶煮後，成了一顆顆粒粒分明，色澤油亮的米飯。放入口中，不但油而不膩，還能嚐出淡淡的竹子香。肉

絲和魷魚嚼在嘴裡，反覆品嚐那融入麻油與老薑的滋味，些許的辣卻不至於嗆。這似曾相似的家鄉味，驅使我無法自拔的將油飯往嘴中送。在不同的國度吃著台灣特有的油飯，頓時心中充滿了感動的暖流。

　　平時不擅長料理的媽媽，為了滿足我對台灣美食的渴望，費盡心思做出了油飯。不能親自聽到、看到臺灣的消息，卻能用味蕾品嚐到家鄉的味道，這是唯一的連結，也是唯一能從台灣土地傳送感情的管道。相信未來不論生在何處，我都會想起這道油飯，並記得傳統美食是能跨越距離，將人帶回家鄉的。

評語　描繪出食物對自己的感動，也清晰描寫油飯的食材、氣味。
——黃鼎鈞
對食材的介紹、油飯的製作過程描述的很仔細，但可更加強自己情感的部份。例如在品嚐油飯時想到什麼溫馨的回憶等等。——鄭懿君
有感受到想藉著從國外體會到本土的料理感受，但在情感方面可多加描述。——王博榕
關於家鄉味道的連結，若能適度描寫台灣舊街道的景象，結合油飯的情境，那樣的聯繫會更深刻而具體，也更能感動人。——蒲基維老師

寫作單元三

最難忘的一道菜

江炳曜

　　在我們人生中，常常都會品嘗到各種美食。然而，最令我難以忘懷的卻是媽媽煮給我那味道清淡、鹹而不膩的「牛肉湯麵」而非像外面高級餐廳裝飾華麗、種口味的食物。

　　每個週末，我最期待的就是中午吃到媽媽煮的中餐。早上在讀書的過程，雖然枯燥乏味，但一想到馬上就能品嘗到媽媽煮的麵，不管是甚麼平實無趣的內容，都變得精采無比。隨著時間的前進，很快就已經到了中餐時間。在等待的過程中，那調味料的香味源源不絕的竄向我的鼻孔，挑動我的嗅覺神經。更讓我對這頓中餐多了美味的想像。終於，中餐煮好了，媽媽便急忙的叫我去端來吃。此時，我心中猶如拿到成績單般的興奮。終於，我要吃下第一口了，那麵與湯交織而成這美好的一道中餐。不僅外觀有各種顏色，令人看了賞心悅目，香味也持續不斷的冒升上來。而我吃下的那一口我絕對無法忘記，各

種味道在我的口中爆炸開來，也使我吃到了人生最美的一道菜。

　　雖然之後每個週末我仍會吃媽媽煮的牛肉湯麵，不過不知道為甚麼就是比不上我第一次吃的那種興奮又刺激的感覺。但在吃飯時，我總會想到，媽媽每次替我煮飯時所注入的愛心與用心，我是否有銘記在心。雖然每次媽媽幫我煮完麵食，都會呼喊著我，叫我趕快去拿。而且都絲毫沒有不愉快的心情，而我在想，每個人都一定有事情要忙。媽媽要放下手邊的事情替我煮麵，應該很累了。因此，我更應該要抱持著感恩的心情享受這份美食，謝謝媽媽的辛勞才對。

　　總而言之，這份美食雖然好吃，但我仍應感謝媽媽的辛勞，因為在這個世界上，沒有人有義務要對你好，因此，我對這份牛肉湯麵不只有味覺上的享受，更有心靈上的滿足，那就是，媽媽對我的愛。

寫作單元三

評語　文中猶如拿到成績單般的興奮，具體點會更好，出發點為母愛很好，很有發展性，且結尾也有著很好的反思！——莊韻如

非常規規矩矩的文章，含意深厚但戲劇張力不足，換句話說就是給人的印象不夠深。——官東慶

應該可以把牛肉湯麵的滋味「具體化」，就是多運用修辭來描述。另外，母愛的部分可以多用些實例或感人的回憶來修飾。——鄭懿君

遣詞造句的經營的確不足，三組評語皆為中肯之語。——蒲基維老師

回憶裡泛起了漣漪

吳宜庭

　　小時候的我特別喜歡奶奶煮的料理，但其中令我最沒齒難忘的便是她最拿手的麻油雞麵線，這看似簡單又普遍的一碗麵線，最經典的莫過於它的傳統卻在奶奶巧手下變得如御膳般的那樣令人難忘；此外，更重要的是它令我可以一再細細品嘗奶奶對我的愛全注入在這麻油雞麵線上。

　　鄉下的麻油不像都市從超市買來的那樣不天然，又沒有真正的麻香。奶奶在鄉下用的麻油沒有甚麼吸引人的包裝，而每當她拿出那罐醍醐味兒時，瓶子上總附著一層厚厚的油漬，也許就是這樣的家常，才能完全顯出它的不平凡。金黃色的麻油輕輕浮在湯上層，每喝一口都齒頰留香，令我欲罷不能；綿密而粘稠的古早味手工麵線更能展現它的特色，每一口品嘗，都像在天堂般的輕盈，飽滿的湯汁附在有彈性的麵線上，好似芭雷舞者生動地在跳舞著天鵝湖般的絕配。更不用

說那軟嫩而多汁的放山雞了。雞肉被煮得入味而不老，整道菜如交響樂般的和諧。

可惜的是，一場病帶走了奶奶，卻不曾帶走我對他深切的思念，更不曾帶走我和她的回憶。但是，我卻因此再以也嚐不到那難忘的私房菜，直到某次路過一家店，它的麻油麵線讓我重拾了兒時記憶，也再度將我的味蕾串連起和奶奶一幅幅溫馨的景象。那家餐館的麻油雞面說不上特別，卻是獨一無二，有如奶奶煮的一般家常卻是獨創。我的印象終於被一塊塊拼起，喚起了模糊的記憶。

營造一道菜的美味其實很容易，困難的反而是它要如何鉤住你的共鳴，引起你的迴響。如何定義一道菜的價值並不在它的奢華與否，而是它是否疊住你心中的那個懷念的缺口。美食不只是享受，更是心靈的滿足。

寫作單元三

評語 生動的描寫麻油雞麵線，從麻油、麵線、湯到雞肉，都把它的重點譬喻的完美。——陳柏元
第二段詳盡地描寫料理帶來的不同層次的感受且譬喻生動，而第三段後更是融入了自己的情感讀來動人，通篇一氣呵成且流暢。——康庭瑀
第二段對麻油雞麵線描寫生動，第三段也融入自己的情感，文章流暢。——馮偉倫
纖細的味覺描寫，深厚而直接的情感抒發，都是本文令人感動之處。文字質樸卻能真情流露，足見寫作之用心。——蒲基維老師

記憶我們的美味

李念茵

　　迷迷糊糊的睜開了雙眼，高鐵上熟悉的女聲親切的提醒了我們目的地已經到達。慢慢的站起來伸個懶腰，再從眾多的行李箱中找出亮眼的橘色，輕輕的，我踏上了高雄的土地，家的土地。

　　每年過年我們全家都會回高雄媽媽的娘家，一年一次固定的時間，作固定的事，但每次都如同第一次一樣期待。走進外婆的家門，一個熱情的擁抱表達我們彼此的思念，一個親吻說明了我們的關懷，年邁的外公外婆總是會笑得合不攏嘴。高雄的美食應有盡有，外婆的手藝更是前無古人的絕佳，但我總是會挑一天和外公出去吃一次早餐，因為那味道已經成了我和外公之間的記憶。

　　改掉以往在台北賴床的壞習慣，早早的起了床，深怕外公不等我自己出了門。勾著外公的手，我們一起散步，經過無數間早餐店，最終停在了一個連位子都沒有的小販前。「甜的鹹的，兩個三個。」外

公總是用著湖北的鄉音像小販的老闆嚷嚷著。我開心的拿著一袋燒餅，坐在公園長凳上便開始了一場美食的饗宴。

酥軟的外皮，輕輕一碰就會一片片的剝落，滿滿的芝麻如雨滴般一粒粒的脫離表層。鹹的燒餅外形如壓扁的乒乓球，圓圓的比一個手掌還小。雖然兩三口便可以吃完，但內部的麵糰摻滿了綠色的蔥花，那鹹又不嫌口渴的味道在兩口間人難以忘懷。甜的燒餅稍微比較大，大約是兩手的食指與大拇指所圍成的橢圓形大小。咬下一口，一層紮實的糖霜入口後如冰塊遇火一般頓時融化，留下一絲甜甜的韻味在口中環繞，讓人如癡如醉。

隨著時代的變遷，高鐵也代表著都市化來臨的腳步，記憶中小時候的眷村也滿滿的築起了大樓。那些看似髒亂卻好吃的路邊小吃攤也一一消失，一間間餐館林立了起來。許多好的味道也不見了，但不管時間變遷了多少，那屬於和外公的味道依然存在。記憶中便宜卻不平凡的燒餅，總提醒著我年齡逐漸上升的外公，告訴我要珍惜這些時光。一年一次的那個早晨，是我最期待的，記憶著我們的美味。

寫作單元三

評語 感情很豐富，故事很動人，但是描述食物少了香的部分。
——廖之寧
食物的部分描寫生動清楚。可以再多加強與外公的情感描寫。——李昂軒
原本以為你文筆差，沒想到寫的還不錯，食物形容具體，但少了香味，不過還是可以啦！感情描述也頗為細膩，如能更進詞藻，更能如虎添翼。——陳家瑜
筆觸細膩中又帶著一絲豪邁，食物與生命經驗的結合也在兩種風格之間自然融入了。文筆平淡卻不枯燥，有質樸之美。
——蒲基維老師

簡單卻不簡單

李昂軒

　　「滋！滋！」鍋裡的熱油正熱鬧的交談著，「喀啦！」一聲那備受呵護，從未見過世面的蛋黃被吵鬧的油給嚇出一身慘白，細如雪花般的鹽巴也急忙得從空中跳進這場熱鬧的派對當中；最後遲來的隔夜飯猛然一躍，使得大夥哈哈大笑，在一旁的鍋鏟看到這幅景象，便牽起大家的手，吆喝著一起跳出香氣的舞步。跳著跳著，大夥們都慢慢的睡著了，彼此依偎著彼此，一盤蛋炒飯也就大功告成了。

　　一盤再平凡無奇的炒飯，沒有華麗的佐料來調味；沒有艷麗的食材來點綴，只是一道簡單卻又不簡單的料理。簡單的是它只用了少許食材便能完成，是道唾手可得的料理；不簡單的是它只用了少許的食材卻能使淡而無味的米飯多了口感及豐富的味道，也在米飯裡添上了一道不一樣的金黃色。但除此之外，其實還隱藏著對於家人的關懷、照顧，還有思念的心。

　　小時候，只要是炒飯出現在碗裡，就會感到雀躍不已、樂得合不攏嘴，雖然只是多了蛋在飯裡，但當時的我內心是無比的滿足，因為它打動了我那時單純的心靈，也因為它是不常在家下廚的父親難得做給家人的料理。平時父親的工作繁忙，不是在工作就是在家睡覺休息，但如果他有閒暇的時間便會踏進廚房為我們煮上一頓午餐，而他的招牌正是蛋炒飯。

　　三年過去了，父親不在我們的身旁也已經三年了，即使如此父親依然像是守護在我們身邊，因為每當吃到蛋炒飯時，對父親的回憶便會從心海的深處浮出水面，廚房，廚房裡也似乎還能看到父親忙進忙出、為家人煮飯的身影。兒時的我其實並不瞭解繁忙的父親為何空閒的時間不抓緊時間休息，卻要為家人下廚？我想現在我懂了，那是因為父親對於我們的關懷，不只是在外面打拚，回家後仍然給我們更多的溫暖。

　　一道樸實無華的蛋炒飯，深深打動孩子天真單純的心靈，也包裹著父親對家人的關懷與愛，同時也充斥著對父親無盡的思念，因此他對不僅僅是來填飽肚子和滿足口慾，它也溫暖我的心靈，帶給我更多力量去面對生活。

評語　文章樸實無華卻生動，就像一盤蛋炒飯，用最純真的思念來傳達自己對父親想念與愛。可惡！我也要一盤啦！！──官東慶

喜歡第一段生動的描述，也背對父親的思念的敘述觸動心弦，這份綿綿的思念令動容。我要哭了啦！──陳嘉萱

第一段非常精彩，短短一篇文章該有的都有了，很完整。把平凡的炒飯寫的不平凡，很好！──田雨昕

筆端蘊含對父親的豐富情感，使食物的描述也充滿思念與感恩。──蒲基維老師

曾經的那一口酸

官東慶

　　酸梅、青梅，甚至是生啃檸檬這種事我都做過，但它們的「酸」都不足以擊敗我的味蕾。這種瘋狂的「嗜酸性」是怎麼來的我自己也不清楚，只記得，一生中吃過最酸的東西是一缸醃到連祖母都忘記有這回事的醃梅子，我到現在還認為那剛梅子十之八九是醃太久成精了，我還頭一次看到紅得發亮的梅子。

　　那梅的酸味兒絕對是無人能敵的，酸到頭皮發麻、酸到淚流滿面、酸到在地上打滾。這可比整人糖還過份許多，因為它彙整你的胃。（不知是酸過頭？還是它酸掉了），吃了之後還鬧了一陣肚子。祖母總說梅子裡含了梅精，會解脹氣，可我想這些梅精可能真成了妖精，變得不解脹氣反鬧脾氣了！

　　小時候哪來現在那麼多的化學糖果，嘴饞想吃零食，絕大部分都是自家製的蜜餞，偏偏我們家醃了一大堆梅子，想吃也只能吃梅子。

而每次吃酸梅，都能帶我回到過往的那悠閒的生活感。過去是個生活步調較慢，不計較小事的時代，小時候嘗過的那口酸味是現在的我與過去唯一的聯繫，或許我這麼喜歡吃酸跟我捨不得過去的時光有關也說不定。看來人長大了反而會想回到過去這話是真的，隨著時間而一起消逝的事物太多了，健康、家人、回憶等等，我慶幸我至少不用依靠藥物來緬懷過去。酸味會引領我回到過往的美好時光，回到至少我還沒開始失去的時光。

評語　有描述到心中的感受，但在文章前段所提到酸到不行的梅子，是令人懷念的味道還是普通酸梅的酸味，沒有表達清楚。——陳嘉萱

第二段文末的描寫十分有趣，也有描述內心的感受，但對那酸梅酸味的特殊可以更仔細描寫。——馮偉倫

不管是開頭、論述和結尾都可以適時夾雜感情，還可以同時使用不同修辭，如排比、譬喻，還可以以擬人化，是我看過感動又豐富的文章。——吳宜庭

關於過去的人生記憶，只是點到為止，並未具體描述，有點可惜！至於酸梅的滋味描寫可謂細而不膩，足見文筆功力之深。——蒲基維老師

媽媽的味道

林芯如

　　世上有種愛很偉大，很寬容，很單純並且不會因為任何的阻礙而停止或變質。那種愛的名字叫母愛，是每個人都感受過的親情。

　　小時後的我很不愛吃飯，也很挑食。聽媽媽說起我的童年，就一定會聽到她時常為了我進食的問題而煩惱。她試了很多種食材後發現我對「蛋」類料理特別感興趣，只要跟我說有蛋可以吃，我的眼睛就會為之一亮，特別的不只這樣，媽媽原本想說我只是愛吃太陽蛋而已，沒想到拿其他牲畜的蛋來餵我，我一樣吃得津津有味。這下她懂了，只要跟我說給我蛋吃就一切妥當了。

　　在這麼多的蛋料理中我最喜歡的就是半生不熟的荷包蛋了。我還自己發明了個獨特吃法，就是把蛋放在盤子上用嘴巴去吸蛋黃——我眼中的蛋精華。不過當我升國中，戴上矯正牙套後，進食又成為我生活上的一大困擾。由於矯正的器具很剛硬，造成疼痛，所以能避免咀

嚼就盡量避免，理所當然的就要先跟最愛的荷包蛋告別一陣子啦！但我又很想吃蛋，於是媽媽想出一個辦法，把雞蛋搖身一變，做成軟嫩細緻的蒸蛋，她還巧妙的加香菇水提味讓我可以用吸吮的方式品嚐台式蛋料理。雖然只是個蒸蛋，但卻有著一股無比香的氣味，完全打破了我對蒸蛋存有的既定印象，並刷新它在我心中的排名，也讓我深深的愛上了它，從此忘不了那一味。

這或許對許多人來說並不陌生，是每個人都吃過的料理，但對我來說它不只是一道菜餚，更是一份愛心，溫暖的媽媽的愛，第一次品嚐的感動還深刻的烙印在我心中。

評語 娓娓道來小時候吃東西的困難和母親所作的努力，平鋪直敘的寫作方式讀來別有一番情緻。敘事清晰明瞭，惟遣詞用句能再精鍊一些。——康庭瑀
內容和題目很呼應，在敘述的同時可以多些對媽媽的感情。——吳宜庭
將自己的母親的關懷和對蛋料理的愛清晰地描寫出來。——黃鼎鈞
食物描寫算是到位，但是對於母愛，僅止於抽象的描繪而已，應有較為具體的故事情節可以表現母女之間的深厚情感，可惜文中缺如，而感染力也失色許多了。——蒲基維老師

寫作單元三

不只是道美食

林奕成

　　蒸籠上的熱氣裊裊升起，帶走一整個冬天的寒氣，外婆蒼白的臉頰也被點綴了幾抹紅暈，我蹲在烤爐前頭，靜靜地看著餅皮逐漸焦黑，滿心期待，期待著這讓我無法忘懷的簡單滋味。

　　對幼時的我來說，每年最期待的節日不是聖誕節，而是寒食節。原因無他當然就是潤餅，那時大人們忙著喝茶聊天，小孩子則是圍在外婆身旁，有的忙著揉麵糰，有的忙著剁花生，也總有一群搗蛋鬼在廚房裡打鬧嬉戲，一不小心「鏘」的一聲破了個碗，隨即惹來一頓拳打腳踢，現在想來不禁會心一笑呢！

　　還記得有一次和外婆閒聊，問著寒食節的典故和潤餅對我們家的意義，她說潤餅代表著我們全家，內餡裡重鹹帶嚼勁的肉象徵我們家的男丁，而清脆彈牙的豆芽菜則是代表女兒們，未等外婆說完，我好奇的問：「那外公呢？」，像是如雷貫頂般外婆愣了一下：「你外公就

像餅皮，看似平凡卻保護著我們全家，是個不可或缺的存在啊！在他過世後就像失去支柱般，子子孫孫也跟著鳥獸散了⋯⋯」

　　原來一道美食，不僅僅滿足人們的味蕾，更牽動著內心的悸動，對外婆來說，這代表一家團圓，對以前的我來說，或許這只是道平凡無奇的點心，現在，每一口都充滿回憶和思念，我想總有一天我會成為這個家的支柱，那時這份溫暖將會延續下去，永不停止。

評語　簡單、溫馨、感人的故事，可多描寫潤餅的滋味口感！——陳禹豪

小小提醒，寒食節不可以用火喔！我和家瑜笑了！故事很感人，但小心選材喔！——林辰樺、陳家瑜

簡單的潤餅，蘊含著深厚的民族文化，更有與家人美好的共同記憶，行文真摯自然，不假雕飾——蒲基維老師

寫作單元三

品「腸」最深「蚵」的
美味

林圓倫

　　月光灑落在夜晚大街上，商家們忙進忙出只為了提供服務給素昧
平生的顧客，而在街尾的巷子內，卻傳出一股濃濃的人情味和熟悉的
台灣味。那是一家傳承三代的小攤子，賣的是台灣最道地的小吃──
蚵仔大腸麵線。

　　相較於燈火通明的購物大街，鵝黃色的燈光給了行人一種溫暖的
感覺。在假日，想要品嘗這一碗美味可是要排隊的，有時，只能聞到
那濃郁的柴魚湯頭而沒法親自享用到。整碗麵線最引人注目的就是那
一顆顆飽滿多汁的蚵仔，一口咬下，濃郁的鮮味就充斥著整個口腔，
再來是大腸，每一塊大腸都清理得十分乾淨，軟中帶勁的口感更是讓
人津津樂道，最後就是主角──紅麵線，手工製作的麵線滑口又絲絲
分明，讓老饕讚不絕口並願意天天來報到。每份食材都在這一碗美食
中找到自己的定位卻又完美的融合在一起，營造出多層次的享受。

　　說到這讓我無法忘懷的美食，就要從我童年說起。那天剛好是元宵節，阿姨來我家做客並送了我一個動物造型的燈籠，我興高采烈地提起它並和阿姨一起去逛街，在人群中我不小心走丟了，所以只能淚眼婆娑地獨自走在熱鬧的大街上，走了大概十分鐘，從一條小巷仔內傳出的香味吸引了我，我緩緩地走向那個小攤子並靜靜地看著老爺爺熟能生巧的撈著麵線。我一邊咀嚼著口中的大腸一邊看著他慈祥的笑容，此時，淚珠在眼眶打滾，視線也變得模糊起來。我想，就是這樣的際遇才我十分想念這巷子內的美味吧！

　　現在當家的是老爺爺的兒子，但是那道地的口味仍然沒有改變，對於食材的堅持也依然能從這一碗中體會到。對我來說，食物不只是味覺上的享受，更能昇華成心靈上的感受，這一碗蚵仔大腸麵線使我感受到人間的溫暖和老爺爺的慈祥。我希望這份藏在小巷中的感動可以延續下去，也希望更多的人可以親自品嘗到它的美味，體會這最在地的台灣味。

寫作單元三

評語　描寫技巧與修辭佳，把自己的經歷融入這道料理點出它在心中的分量。──李昂軒
描寫生動，讓原本不敢吃蚵仔麵線的我也想去吃一碗。──范齊萱
食物描寫細膩，但少了一點味道，一點美中不足，抒情兼說理，不錯！──陳家瑜
童年一次走失的記憶，在大腸蚵仔麵線中，逐漸地拼湊出來。筆觸細膩而感情豐富，食物描寫尤其生動，令人不禁食指大動了。──蒲基維老師

熟悉的味道

范齊萱

　　一想到美食佳餚，各種山珍海味浮現在腦海裡，不論是氣味還是色澤，我彷彿感受的到那些菜餚的溫度。但其中不僅僅只是我們表面上所看到的那麼簡單的菜色，它們的背後其實擁有了各自的歷史故事。

　　幼稚園時期，媽媽將我送進了離外婆家不遠的學校，由於父母工作忙碌，上下學都是由外婆親自接送，晚餐也是由外婆一手包辦。小時候的我經常鬧脾氣，因此外婆每次不是用糖果的甜蜜來誘惑，就是用那香味撲鼻的「香菇雞湯」來安撫我那難以馴服的個性。

　　外婆的雞湯是用全雞下去燉煮，除了加上少許的鹽巴，最重要的

就是——香菇。香菇不能用其它菇類像是金針菇或是袖珍菇來代替，一旦被替換掉，整個雞湯就像是少了靈魂一般的空虛，不緊是湯裡的料少了一種，連味道也缺了許多。

　　「香菇雞湯」最令我難忘的原因是——再喝之前，所聞到的香菇味比雞湯本身重了許多，但放入口中時，嚐到的卻和聞到的味道相反。一開始是濃濃的雞湯，在吞下時，隨著一股暖流從舌尖上慢慢地滑向食道再進入到胃裡，除了身體上的舒緩，連心靈也受到了撫平，同時嘴裡的味道瞬間轉變成濃郁的香菇香。也就是因為這道湯味道的層次，使我即使胃已經裝不下也要喝下外婆最經典的「香菇雞湯」。隨著歲月的飛逝，外婆的頭髮愈見花白。原本硬朗的身體，也逐漸衰老，不聽使喚，以那熟悉的味道，只能在回憶裡品嚐，思念。這份珍貴的童年回憶，將長存在心中，成為一生中最熟悉的味道。

評語　對食物的色香味，以及吃進口中的感受，有詳盡的描述，值得稱許。但分太多段，導致一些語氣有被切斷的感覺。———陳嘉萱

整篇平凡但卻不失感動，段落的切割可以再考慮，不然情緒提升到一半就斷了，香菇的描述也別忘了「雞」本身。可惡！我也想喝香菇雞湯啦！——林圓倫

平淡的文章，卻蘊涵著深情，可是對於食物的描述寫篇於理性，可多一些抒情的部分。——陳家瑜

食物及品嚐的描寫算是到位，而與外婆的情感鋪陳略嫌不足，以致全文的感性部分受到限制了。——蒲基維老師

回憶遺留的街角

莊韻儒

迎風而來的陣陣香氣，遊走在這座城市的街頭巷尾，打轉在兩條小徑的交叉口。落在街角的咖啡館，寧靜平凡的仍然在那兒。回憶走上了到達這裡的道路，曾經，在這裡的回憶仍然留在窗邊那桌子邊，回憶裡的主角卻在這城市的哪裡呢？香氣從咖啡館散了出來，送進了城市的角落，喚起了懸在記憶裡的故事。

雲層翻湧喚起了朝陽，黑夜正在離去，黎明即將甦醒。希望的陽光落在窗邊，帶給人們新一天的生活在再次的鼓舞喝采。「兩杯卡布奇諾，謝謝！」雲彩越過了咖啡館的天空，那句熟悉又準時的，在耳邊再次的響起。磨咖啡豆的聲音充滿著期待的在旋轉，香濃的咖啡汁黑黑的純粹原色，流入杯中。打好的奶泡在咖啡中完美的演出，那微笑的臉在杯中讓人捨不得喝下。但總不敵那早已溢在空中香氣，為今日所開的朝氣與精神。入口的瞬間，咖啡在舌尖留下了淡淡的苦澀，滑入喉間卻是甘甜的。如同品嘗人生般，嘗遍了苦澀之後仍然存在著屬於自己的童話，美好的在心頭上一再回味。

杯子旁坐著的兩個人，我們，一同坐著的窗邊桌上，天馬行空的想像，在這無限延伸，緊握在手中的夢想，在這再次憧憬。在無數個下雨天裡，我們隔著窗子的玻璃，一同望著，雨滴打落在小徑上，地面閃爍著點點的光亮，那雨跳著的圓舞曲，踩踏著的地面，這自然界的交響樂，那熟練地步伐，傳頌著雨修練千年的心路歷程。玻璃上濺

起的雨點，像顆顆水晶球，水晶中有著神祕的國度。我們坐在裏頭，幸福的享受這般美景，這杯美味。我們在街角的咖啡館裡，創造與描繪著屬於我們的回憶。

　　車子顛顛簸簸的開過，在同一個大城市裡，無數的道路，通往著布一樣的秘境，一條連著一條，總在不知不覺中走到了盡頭，在某個不曾知道的節點，交會了。又或許這些路並沒有盡頭，只有，駐足不前的回首或勇敢向前昂首闊步。我們在不同的路上，迷了路的孩子，我找不到你，我們再也沒有走回那咖啡館，所有的一切如一場夢般，夢醒了，沒留下任何一點紀念品，只有留在那兒的記憶與我們肩並肩同行。

　　在雨中狂亂的追逐，在黑暗中摸黑的尋找，那像是不會回到身邊的曾經，在我的腦海中，像電影一樣的重複放映。是否，也曾經回頭，注視著街角，等待那麼一個人。或在某個下雨天某個清晨時，沉睡在咖啡館小桌上那空著已久的咖啡杯，能再次被填滿。

評語　文筆清麗，文中有畫，看似波瀾不驚的文字下，卻彷彿有著莫名的悸動，牽引著讀著的心，心中那個我們或許已淡忘的「美味回憶」！──丁小宇

我覺得可以再多寫一些自己喝下咖啡後的感受喔！文章很優美！──林辰樺

每次看你的文章，都好像在看一部微電影一般，腦中會自然冒出畫面來。我想這已經有小說等級了。實在挑剔不出甚麼東西來了。──關東慶

感性的筆觸，感性的氛圍營造，造就了此篇感性的美，閱讀你的文章，時時被挑起的心靈悸動也隨之翻舞。喝咖啡的感受確實需要描寫，才算是美食文學。──蒲基維老師

食物‧回憶

郭采萱

　　也許是勾起了特別、令人回味無窮的屬於自己的「獨家」回憶；亦或是觸動了心中的情緒，感到喜悅、悲傷，在每一種食物的背後，對不同的人來說，都擁有不同的意義，訴說著不同的故事。而代表的我的故事的，是那碗冰涼的綠豆湯。

　　在每年的暑假，爸爸總會帶著我們到鄉下的奶奶家住上好幾天。而這一段日子，一直都是我非常期待和盼望的日子，因為不只可以和很久才見一次面的堂兄弟姊妹一起玩耍，更可以見到好久不見的奶奶。待在那裡的每一天，我都會和堂兄弟姊妹在外面瘋狂的像個野孩子般的玩耍、奔跑，回到奶奶家的時候，早已大汗淋漓、氣喘如牛。再加上又是夏天，不留情的太陽照了我們一整天，又熱又累的我們，會躺在地板上一邊散發著熱氣，一邊哀號著。這時候，奶奶就會端出我們偉大的救星——綠豆湯。

　　喝下的第一口，冰涼的湯頓時讓原本的熱氣和疲累全部消失，取代而之的是清爽的涼意和舒爽的感覺。每一顆綠豆的軟度恰到好處，甜而不膩。喝完一碗以後，整個人又充滿的精神，又可以再度活蹦亂跳。而這碗綠豆湯裡，最令我享受的，是奶奶豐富的愛。每一次在喝完以後，都能感受到奶奶對我的關愛。我喜歡綠豆湯，不僅是因為它的美味，更因為它有奶奶的味道，有幸福的味道。

　　儘管因為奶奶的離世，再也喝不到奶奶的綠豆湯，但是現在當我每次喝綠豆湯時，總會懷念那段時光，懷念奶奶給我的愛。

評語　由綠豆湯連接到一個美好的回憶，賦予了這道食物一個意義。但描寫食物的色、香、味時少了外觀的描述及香味，可以更細緻讓綠豆湯更有吸引力。──李念茵

第三段描述綠豆湯的部份可以更深入，不管是味道或是作法可再多。為什麼唯獨綠豆湯能代表阿嬤的愛而不是其他食物可再敘述。──田雨昕

字裡行間流露出親情的懷念、童年的回憶。主題清晰、架構穩重使讀者理解快速而容易感受作者情感。唯部分文句稍嫌不順，用字造句也可再加修飾，讀者感動必更深刻。──陳建元

獨家的回憶，獨家的情緒，也蘊含著獨家的感動──蒲基維老師

鮮甜的味道

陳建元

　　擁有著橘紅的身形、軟嫩的口感，肉質與脂肪完美的分配，是個略帶甜味的「冰山美人」。每一次吃到它都令我感到人生的幸福，對我而言實屬現代人稱為的「小確幸」。這被我們家公認為其種類之冠，是生魚片之王──鮭魚生魚片。

　　在我人生中的兩次大考後，這個「橘色美味」都出現在我的考後慶祝中。與家人一起慶祝度過又一個學習旅程的里程碑，對我而言，超乎了味覺的饗宴。每一口歸於沾著一點醬油的鹹味，在味蕾上織出一絲絲的甜味，配合著冰封的心鮮肉質，讓我體會到真正的「鮮甜」。如果說啤酒能讓心勞的上班族紓解一天上班的勞苦，那我個人認為鮭魚生魚片是身為考生的我是釋放腦海裡的苦工並體會悠閒自在的最佳夥伴了。

　　生魚片被歸類為日本料理；日本以島國自居，如同台灣一樣依賴海洋資源，但應該不會有人爭論日本人喜愛海鮮的程度遠勝台灣的事

實。實際上，生魚片這樣的飲食方法在中國、朝鮮甚至是歐洲都有不同的歷史和吃法。我們最熟悉和我最喜愛莫過於所謂的「刺身」，也就是日本生魚片。日本人佔全球百分之二的人口卻能吃掉全球百分之十二的魚類資源，可見日本人對海鮮人對海鮮的執著！我相信他們在生魚片中發覺了我所感到的「鮮甜」。

　　這鮮美不只是味覺上的享受，更是在那甜美的食物味道後面家人一同慶祝升學考試結束的喜悅；是在新鮮的品質背後那父母與親人們的期待和我人生里程的見證！我認為食物能滿足人的感官甚至激起人心靈的感動，但背後的故事總是那感動人的關鍵；可能是兒時記憶或故鄉情懷，而對我而言，這個鮮甜喚醒的是家人的愛。

寫作單元三

評語 第二段和家人慶祝的過程若能更仔細描寫，更能讓人感受文末「家人的愛」。——馮偉倫
對於「心靈、記憶」方面能寫得更具體或舉實例，讓讀者更能體會生魚片對你的價值。——陳柏元
對於刺身的敘述深表認同，食物描寫得似乎能看到你正在吃的景象一般，主題「鮮甜」是明白了，但隱含的「家人的愛」敘述不足。——官東慶
關於與家人團聚的描寫，可適度融入情境描寫，則生命經驗與食物的結合就能更緊密了。——蒲基維老師

食物的烙印

陳柏元

　　「東港肉粿」，一直是我最愛也是讓我難以忘懷的一道佳餚。媽媽從小在屏東生活，因此時常帶著久居台北的全家人回屏東遊玩。媽媽一整個家族都生活在這熱鬧又充滿人情味的屏東東港，所以每當從繁雜的台北來到這地方，感受著舅舅、阿姨和外婆的溫情，都顯得特別自在。

　　東港的肉粿跟其他地方的表現方式也不盡相同，因此要品嘗這美食時，也只能遠道而來，不然終其一生就無法享受這肉粿獨有的風味了。肉粿必須用精挑細選收割一年的在來米，磨漿炊製而成，雪白色、滑嫩且彈性十足，最後切成長條狀放入碗中。而湯則是用大骨和虱目魚骨熬製而成的米漿，搭配上櫻花蝦、鹹豬肉和香腸片，其滋味真是讓人食指大動、齒頰留香。

　　然而，這道美食給我最美好的享受，並非只是舌尖上的美味，心

靈的饗宴更是令我回味十足，每次在吃肉粿時，總是全家人聚在一桌，邊聊天邊說笑。全家族聚在一起時的那種回憶，使人情不自禁的想起、品嘗，但事與願違，如今因著外婆過世，舅舅阿姨們越來越少聚在一起享受大餐了。而我對於肉粿的回憶也越發的珍貴。現在，只要回東港必定會藉這道菜來感懷過去的光景。

　　每個人品嘗一道菜的感受都不盡相同，尤其是在心靈中的體會，酸、甜、苦、辣都有可能。在人生中必定會有幾道菜烙印著生命的記憶，這菜不一定美味、豐盛，但肯定的是，它意義非凡。「肉粿」就是跟隨我一輩子的這道菜，希望它能使我不忘記過去的種種歡樂。

評語　用字優美，但內容有點平鋪直敘。——吳宜庭
清楚描寫出食材與成品的來歷、風味與最重要的獨特性，希望「心靈感受」能更為深入。——鄭懿君
家人歡聚的情境可多鋪陳，如此這道菜才能充分與生命經驗結合。——蒲基維老師

羈絆

陳禹豪

　　奇妙的是，人的一生中，不分貴賤，不論貧富，心中總會有道美食令他念念不忘，總會有那麼一道美食喚起沉睡已久的記憶，勾勒出最初的感動。對我而言，又或者對我們家族而言，這道菜像一條無形的羈絆，將彼此緊緊地繫在一起，也許在其他人眼中，它只是八里的一個名產，但在我們心中，它是最好的伙伴，我們賦它生命，它伴我們譜歷史，它就是──孔雀蛤。

　　「外婆，為什麼叫做孔雀蛤？是長在孔雀身上的食物嗎？」小時後的我用著天馬行空的腦袋提了這麼一個問題，沒想到那天外婆和我就在大榕樹下待了整個下午。孔雀蛤是一種貝類，生長在淡水河中，四十多年前外公和外婆捕魚時發現它們常吸附在船身，然而卻鮮少有人知道它到底是什麼，在多次嘗試下，終於將它做成一道佳餚後，為

了更容易向大眾推廣，加上它酷似孔雀的羽毛，便給予了這麼一個名字。

　　外婆說以前和外公從香港來到這討生活並不簡單，我們賦予孔雀蛤生命，它伴我們譜歷史，伴我們從貧苦的過去，邁向富足的未來。孔雀蛤這道美食可分為蒸的與炒的，我則特別對前者有所獨鍾，從高溫蒸籠出來的蒜味孔雀蛤不僅極具嚼勁，且帶著些微的嗆鼻之感，實在令我不自覺地一口接著一口。

　　如今臺灣本地的孔雀蛤已在納莉颱風後幾近消失，店內的海產也逐漸改由進口替代，可是每當到了那天整個家族聚在一起時，桌上的那盤孔雀蛤總會讓我想起一段故事，屬於我們家族的故事。一口吃下，嗆鼻的味道不僅換起沉睡的歷史，更勾勒出那最初的感動。

寫作單元三

評語 開頭描述生動，文章活潑有張力，中斷個人想法著墨略顯不足且可多嘗試抽換詞句。——林奕成
充分表現孔雀蛤對家族的重要性以及情感。第一段敘述文字優美。——馮偉倫
情感豐富，詳細的描述食品命名的來由。這道菜很特殊，一般人不會寫到，會令人印象深刻！——林辰樺
特殊的食物，特殊的感動，令人耳目一新。唯對於食物與品嚐知覺的描寫略嫌不足，讀來有種意猶未盡之感。——蒲基維老師

傳承的滋味

陳家瑜

　　人的一生能夠擁有多少回憶？在這亙古恆久的時間洪流裡，或許，無論曾經多麼的刻骨銘心，終究也將幻化成一堆堆泛黃的照片，又或是些揮之不去的夢魘。然而，能不能有一種回憶是能夠永存的？能不能有一種深刻是如此的魂牽夢縈？能不能有一種記憶是在這漫漫的人生中能夠長存？每當想起，還能悠悠說出：「我記得……。」

　　還記得，小時候最愛坐在爸爸的車子裡，看著陽光由窗外輕灑入內，一粒粒灰塵壓在陽光下閃耀的刺眼，隨著灰塵的落下，時間宛如靜止一般。這時爸爸會和我們說說他小時候的故事……。

　　爸爸是宜蘭人，家裡是養鴨的，但他卻鮮少能吃鴨肉，因為以前只有些「大戶人家」才能吃鴨肉，但只有偶爾，他們能夠享受家裡沒賣完的鴨蛋，而這時阿嬤會把它們加入「西魯肉」，當作他們的大餐。當時，我年紀還很小，只把爸爸的故事，當成「童話故事」，所以總是對故事裡那些難以想像的事感到新奇，如今，我已成長許多，我才能漸漸了解爸爸故事中的含意。

　　隨著時間的流逝，我已經很久沒有聽爸爸說故事了，爸爸的事業更忙碌了，而我也面對著更繁重的課業，有時連一起吃頓飯的時間都沒有，更遑說一起去宜蘭看看阿嬤了。但，隨著雪山隧道的開通，開啟了新的契機。

　　每隔三四個禮拜，我們就會回去宜蘭，有時就算真的很忙，也會勉強抽出時間，就算只是以起吃頓午餐也好，而阿嬤也總會準備一桌好菜，等著我們回家，每次的菜色都不盡相同，但唯一不變的仍是那一鍋「西魯肉」。

　　鍋裡是阿嬤親手種的青菜，還有一些手工蛋酥漂在上頭，但與別人不同的是一高湯，這或許是個習慣，阿公不喜歡濃稠的羹湯，所以總是要求阿嬤把湯頭用的愈清愈好，即使阿公已去世多年，但我們依然遵循著它，雖然只是簡單的菜色，卻是我們珍貴的家庭回憶，它濃厚的香味依然魂牽夢縈，一口口吃下去的，是阿嬤一心為家人做菜的用心，是爸爸珍貴的兒時回憶，而現在是我對家族的定義，或許它現在更代表著一種「傳承」。

評語 故事很動人，但是錯字有點多，平鋪直敘並無不好，但仍可增加些優美的修辭技巧。——廖之寧

讀過去感覺內文有點瑣碎，多看幾次才看出前後關聯性。首段感覺像論說文，被塗掉的比較好。——李念茵

用字流暢優美，雖然過去的描述有些瑣碎，但卻清晰平白。內心感觸也寫得相當動人。——黃鼎鈞

一樣的西魯肉，不一樣的生命記憶，故事雖然瑣碎，卻依然令人感動。劃線部分的情境描寫很好，若能與一些回憶的畫面結合，那樣襯托，感染的力量會更大。——蒲基維老師

簡單的滋味

陳嘉萱

　　白色的水蒸氣從筷子隔開的縫隙竄出，緩緩上升，熱得上面的玻璃櫃沾上一片白霧。聞著慢慢散逸的香味，口水不由自主的滿溢，咕嚕的吞下一大口。望著開關下閃閃發光的小紅燈，期待時間急速飛逝，讓我能夠早點品嚐這美味。

　　從小就十分熱愛蒸蛋這道料理，尤其是出自媽媽那雙神奇的手，做出來的就和別人特別不一樣，散發獨特的香氣還有滑嫩的口感，著實令人無法忘懷。將蛋打進一個大碗公內，充分的將空氣打進去使其鬆軟、蓬鬆。打勻後加入少許的醬油、香油，再邊攪拌邊加開水，在電鍋內放入一杯水，用筷子做出縫隙讓熱氣散發，耐心等待約莫二十分鐘，滑嫩可口的蒸蛋就可以上桌。容易的作法、單純的蛋香、簡單的味道，我想這就是我那麼喜愛這道料理的原因，一切簡單到令人平靜、簡單到令人忘卻，簡單到令人跳脫早已厭倦的生活。

　　沒有過多的調味，沒有過度的烹調，沒有複雜的手法，我想這就是現代的生活所缺乏的，人們所渴望的，人與人之間的關係日趨複雜，阿諛奉承、勾心鬥角，真假虛實沒有人明白，沒有人清楚，只被迫擱淺於看似平靜卻暗潮洶湧的淺灘上。簡單，看似容易卻又不容易，矛盾但真實。這或許是現代人必須面對的命運，在無奈的漩渦中極力掙扎，求己不要陷的太深，在困難、複雜中找到簡單的那扇暖暖透光的窗。

　　白煙持續上升，飄向看不到的盡頭，香味四處蔓延，征服每個角落，電鍋搭搭作響，開關跳了起來，熱騰騰的蒸蛋上桌，簡單、純粹的味道在口中散開，期待著自己的生活能如此般，滑嫩、簡單。

寫作單元三

評語　第二段描寫的非常生動，使我在看的同時也開始想念我媽媽煮的蒸蛋。——范齊萱

描寫手法生動，將蒸蛋與現實生活做連結，使人反思、深省。——李昂軒

嘉萱真不愧是作文好手！心靈感受寫的讓我感同身受，食物的描寫也讓我想流口水。倒數第二段的最後兩行有點看不懂，是少了標點符號還是少了一些字？——廖之寧

氛圍營造是本文最大、最佳的特色，不愧是作文高手。惟蒸蛋背後與媽媽的情感交流或生命記憶，可多加鋪敘，文章的感染力會更加深刻。——蒲基維老師

美味的想念

馮偉倫

　　從小到大，品嚐過無數的美食。不論是家自己或在外面的餐廳買的；和家人的晚餐或和朋友的聚餐。不管是怎樣形式的一餐，常常都有一個不同的回憶在其中。

　　每當農曆新年來臨，姑媽和大伯兩家人總會到我們家裡過年。雖然是在我們家過年，媽媽也會準備一桌的拿手好菜，但姑媽總會帶來從奶奶那學來的「紅燒獅子頭」。當餐桌都布置完成，所有人都坐定位後，姑媽就拿吃一個諾大的砂鍋。一打開砂鍋，獅子頭的香氣便一面撲來，一顆顆如拳頭大的獅仔頭，一旁還有同樣煮的入味的白菜陪襯。而獅子頭已經煮到軟嫩，讓筷子一夾就切成兩半；放入口中更是能用入口即化來形容。光是這幾道菜就能讓人吃下好幾碗飯了。然而這道菜並不只有美味，更有對奶奶無盡的想念。

　　小時候每當過年都會回到奶奶家，她會準備好一整桌的好菜等著

大家，當然也包含她最拿手的獅仔頭。開始吃飯後，奶奶總是先看著大家吃的滿足的表情後才開始吃。吃完飯後就是孩子們最期待的時候，奶奶會從房間裡拿出事先包好的紅包發給我們，奶奶也知道他們家裡沒有玩具，當大人們都在聊天時，我們一定會覺得很無聊，所以他總會牽我們的手到附近的公園玩。儘管我們只是漫無目的的追逐、奔跑，奶奶也坐在旁邊看著。等我們玩累了，再帶我們在附近買些點心給我們吃。她總是很有耐心的照顧我們，讓我們用最好的、吃最好的，一個最仁慈的奶奶。

　　如今，奶奶已經不在了。但每當再次吃到那道「紅燒獅子頭」，總會想起奶奶為我的付出、照顧。要說哪道菜令我印象最深刻、最能道出滿滿個回憶，這「紅燒獅子頭」絕對是我對奶奶「美味的想念」。

評語　我本來對紅燒獅子頭這道菜十分畏懼，不是很敢吃，但是看完你的文章描述後我會願意去嘗試！——林辰樺
若可再多描寫奶奶的面容如「佈滿皺紋的笑靨，卻時時溫暖我的心。」等深刻的感受！——陳禹豪
文筆清新，起先讓讀者對紅燒獅子頭產生美味的無盡想像，再透過與回憶的連結，使看似平凡的家常料理，有了屬於它的生命故事！結構完整，段落分明。——丁小宇
食物的描寫深刻，而家人的互動與奶奶的描述則嫌少，以致少了食物與親情的連結。——蒲基維老師

恬淡中的驚奇

黃鼎鈞

　　窗外不大的雨，雨滴得窗戶滴答滴答的響，閒來無事的午後，我慵懶地躺在床上。回想起前些日子的北埔之旅。

　　走在老街上，平日下雨的午後毫無人煙，與假日的人山人海相比線的清幽許多。店家也因沒有遊客到訪而紛紛關門休息。踏在石板砌成的小道上，四周古色古香的木造建築，遠方的山巒因騰天的水氣而顯得朦朧有致。我因此而興起好茶襯美景的想法。來到北埔，一個客家小鎮，擂茶當然是必需品嘗之飲。但是門可羅雀的街道、鐵門深鎖的店面，我的理想似乎成空談。剎那間，身旁的小巷中有了動靜，往前一瞅是位老奶奶在顧著空蕩蕩的店面，門口有個大大的擂字。我請奶奶為我備料準備體驗擂茶。

　　小米、花生、黑白芝麻、綠茶和蕎麥…等的材料一一上桌，奶奶細心的指導我研磨過程。將開水緩緩地倒入，見穀物漸漸地被磨細，

顏色愈發愈深，濃醇香的一碗擂茶大功告成。我細啜一口，穀香滿溢嘴中如龍奔騰入喉並盤踞在內。芝麻油滑順了食道，也在食道內散發香味真香氣四溢令我難忘不已。簡單的材料，不凡的享受，純樸節儉的客家民情，這些的感受是擂茶所帶給我的震撼教育；將「簡單」或「單純」聯結到了「不凡」。

　　一碗看似平淡無奇的擂茶卻深藏著客家民族健康的智慧與純樸節儉的民情。這趟旅程所發現的理趣，真的是「恬淡中的驚奇」。

評語　最後一段可再多抒發。描寫食材與品嘗過程的部分非常不錯。假無法前後呼應，我覺得第一段有點多餘。──田雨昕
依個人淺見，文章的情感可以多投入，也許描寫客家文化可以多著重歷史和奮鬥史，可以加深對讀者更容易融入文章。我超愛第三段的介紹，每到食材各份其職（食道沒有味蕾吧!?）可惡！我也想擂茶!!──官東慶
藉由老街上的美景，使人更對擂茶有種特別的嚮往。而對茶的描寫也十分細膩。──陳柏元
情境描寫細膩而深富感情，使人對擂茶充滿想像，若能針對擂茶的歷史淵源或個人生命連結有所鋪敘，文章會更有感染力。──蒲基維老師

白色戀人

黃麟茜

我喜歡豆腐，豆腐的冰涼和光滑的色澤，宛如一顆剔透的白玉，由於豆腐的滋味，在於廚子的廚藝，用蒸、炒、滷、悶，用醬油佐料，用芝麻提味，用皮蛋陪襯，用味噌點綴，各式各樣的豆腐料理一一上桌，我們可以看見廚子的功夫，一塊豆腐是一塊璞玉，廚子多年來的經驗使它成為一塊寶玉，印象中的豆腐料理，那清爽的滋味依舊盤繞在舌根，久久不散。

京都的京料理人人皆知，尤以京豆腐聞名，在清水寺徐行，終於在悠閒的午後來到奧丹豆腐店，店主有著黑色的捲髮，名字是久之知先生，久之知先生引著我進店裡，繞過石子漫成的小徑，一路上，幽靜的枯山水給了我和風的感覺，久之知先生拉開門簾，示意我走入一間鋪滿榻榻米的和式房間，我跪坐在低矮的案前，環式著四周的悠遠寧靜，久之知先生推薦了豆腐全席給我，說那是店內招牌。我同意後，他便走進廚房裡忙，我趁此時到屋外的庭院閒晃，心情隨著斜著斜照的夕陽靜下。

久之知先生捧著竹盤，竹盤乘著一塊潔白的豆腐，豆腐上浮著剔透的水珠，隨著九之知先生的步履左右晃動。他把竹盤端上桌面，上頭是上等的京豆腐，有豆腐串燒、豆腐拼盤、豆腐沙拉，各式各樣新

鮮美味的豆腐一一陳列在我眼前。

　　首先嘗了一口豆腐串燒，那味噌的氣味在我嘴裡迸現，與滑順香潤的豆腐配合地恰到好處。各種形狀的豆腐拼盤，上頭淋上酸甜的芝麻糊，那酸甜的口感佇足在心頭，讓我想起童年的夏天，在豆花車後緊追著不放的模樣。一鍋燒熱的豆腐鍋，冒著灰白色的蒸氣與氣泡，交織著成一首小令。意口燙熱的豆腐嚥入口中，混雜著醬汁的香氣，那清新滑順，綿延不絕的口感，似乎在訴說著童年的故事。當時，父親滷了一鍋的豆腐，孩子圍在鍋爐旁，兩眼期待地望著鍋中白嫩的白色戀人，豆腐在此時與我結下不解之緣。

　　吃完清爽的豆腐沙拉，久之知先生把竹盤收妥，臉上掛著靦腆的微笑，一面說著：「吃得習慣嗎？」「習慣！非常美味。」「太好了。」久之知先生對我鞠個躬，接著我起身準備離去，在櫃檯結了帳後，離開了豆腐店。

　　那白色戀人，至今依然盪漾在我心頭。

（評語）從文中可感覺豆腐的色香味俱全，而且從品嘗美食進而引道回憶的部分十分自然、溫馨。另外，以「白色戀人」為久之知先生豆腐做了美好的聯結。——鄭懿君
描述的非常詳盡彷彿豆腐料理就在眼前，口感描述細緻，讓讀著垂涎三尺。喜歡首段直接切入，並且運用排比描述，讀起來很順眼。——李念茵
排比運用恰當適宜，使文章優美！白色戀人的雙關引人入勝！——林辰樺
食物情境的描寫非常細膩，可惜缺少與生命經驗的結合，那豆腐也僅是豆腐而已。——蒲基維老師

寫作單元三

美麗的錯誤

廖之寧

　　在這個世界上有太多千奇百怪的食物，而且它們的味道又更是變化多端，幾乎不會重複。這些成千上萬的食物都是來自世界各地的烹飪好手所發明的，我的媽媽也是其中之一。她的處女作「失敗的蛋」更是名留青史。

　　這道菜後有一個溫馨的故事。自從妹妹上了國小，她都必須要買學校的營養午餐。可是吃了一年她就受不了了，因為那種午餐真的不營養又不好吃，有時候甚至還會在裡面發現活的菜蟲，真是讓人退避三舍！於是妹妹和我決定連署讓媽媽為我們做便當。就在媽媽心不甘情不願地接下這個重責大任的兩個月後，她覺得我們每天都吃差不多菜色應該吃膩了，所以就進行發明菜色計畫，開發新菜色好讓我們的味蕾能夠活絡起來。

　　某一次的晚餐時間，孃孃端上了一道陌生的菜。那面孔上透露著

無盡的害羞，一直捧著熱呼呼的臉頰躲在濃濃白煙的身後，遲遲不敢出來跟我們全家人打聲招呼。過了許久白煙漸漸散去，在看清了這道菜的長相後，妹妹好奇的問：「你叫甚麼名字啊？」媽媽看到妹妹一臉狐疑，便微笑地解釋：這是失敗的蛋，本來以為它會長得更像豆腐一點，沒想到成了蛋和豆腐的乾掉漿糊。摻雜著白色和黃色的盤子看起來更像是溫暖太陽穿過樹葉的縫隙在冰冷的盤面上，格外美麗。

　　經過一翻熱烈的討論後，我們開始仔細地品嘗這道菜。俗話說：「人不可貌相，海水不可斗量」，「失敗的蛋」雖然外貌樸素自然，內在卻是相當獨到。用筷子輕輕夾起的同時就可以聞到淡淡的，清新不黏膩的香味向外擴散。輕鬆愉快的香味讓我們感覺像是在白雲之間來回穿梭。加熱凝固的蛋和入口即化的豆腐的完美結合，讓「失敗的蛋」可以在口中多停留一分鐘，讓吃的人心中多滿足一分鐘。鹹中帶甜的口感更是叫人心花怒放，猶如漫步在種滿茉莉花的花園一般。

　　雖然媽媽一開始所想像的成品並非如此，但這美麗的錯誤卻得到意想不到的稱讚。「失敗的蛋」更讓我深刻體會到媽媽對我們的疼愛；為了家人的味覺有新體驗而主動發明新菜色。即便媽媽取名為「失敗的蛋」，在我心中它是最成功的美食。

寫作單元三

評語　描述的很詳細，善用譬喻。開頭如果能分為營造更好，詞藻優美度也可以再加強。——李念茵

嗯……，詞藻可以更加優美，有點太口語，不過色香味很全，不錯。——陳家瑜

描述的很生動，有畫面從眼前跑過。不過用詞較為口語，要改進喔！：）——陳嘉萱

取材、譬喻修辭皆屬上乘，唯部分遣詞造句需要精緻化。——蒲基維老師

溫馨的晚餐

鄭懿君

打開廚房的門，一陣香味撲鼻。媽媽揮舞手中的鐵鏟，恣意創作著他獨一無二的拿手藝術品。所有人——包括爸爸，都在忙進忙出的幫忙整理桌子、擺設餐具。就像聖誕節收到禮物的小孩一樣，我們懷抱著期待、興奮又渴望心情等待著。

不一會兒廚房門開了，橙色又香噴噴的米飯，一粒粒渾圓飽滿。披上一層金黃又稍微烤焦的蛋皮，再以 S 型淋上蕃茄醬。沒錯，今日的主食是色、香、味俱全的蛋包飯！這時，大家紛紛拉開椅子坐下，貪婪地享用這道美食。席間，充斥著爸媽關心的話語，滔滔不絕的學校瑣事，親戚間的種種……等等。在溫暖的黃色燈光下，所有的一切似乎都沉寂了，只感到家人的歡笑聲以及濃濃的情感，此起彼落。每一匙的享受，都讓我們更佇足於這美好的角落。

但是有一天，親情的燭火變得飄忽不定，蛋包飯的金黃色澤依

舊，但是口味似乎是變了，只剩時間滴答滴答的流動。那一年，是姊姊在念大學的日子，是我沉醉於新鮮小高一的日子，是弟弟準備升高中夜夜留晚自習的日子。每天晚上，就只剩爸媽兩人，靜靜地、獨自地享用為數不多的清粥小菜。他們應該叨念著：誰誰誰怎麼還不回家？弟弟唸書是不是太累？二女兒又跑去參加什麼活動，和哪個朋友玩了？也忘了撥一通電話回來。漸漸地，飯菜也不再那麼可口，而大家所熱愛的蛋包飯也很少被端上桌了。

　　或許我們都曾迷失了方向，或許我們都沉醉於多采多姿的世界而遺忘了溫暖的家。但那一年的父親節，在我們遞給爸爸卡片的那一刻，我所熟悉的景象又回來了。廚房冒著蒸蒸的熱氣，媽媽緩緩舀起橙色的蛋包飯，披上略烤焦的金黃蛋皮，再淋上富有風味的番茄醬，將盤子遞給我們每個人。雖感覺熟悉又陌生，但在聽到弟弟的歡呼、聲家人一致的歡笑聲時，我想我已經再次領會了這裡的溫馨，並衷心期盼：不管如何，只要家人抽空聚在一起，就是最好的禮物了！

評語　食物的描述可以再多一點，但是對於情感的描述非常的詳細和完美。最特別的是轉折處，令人印象深刻。——郭采萱
清晰且深切的描述家人情感與蛋包飯之間的聯繫，唯食物的描寫略顯不足，實為可惜。——黃鼎鈞
情感描繪生動且深刻，家人間緊密的連結藉由蛋包飯的口味，桌上菜餚的轉變一一呈現，為本篇的亮點。——陳嘉萱
蛋包飯除了美味，亦包覆著家人的互動與深情。——蒲基維老師

寫作單元三

畫圈圈的鬆餅

游理涵

　　「鬆餅」可以是簡餐店裡，以培根與炒蛋陪襯的早午餐，也可以是典雅下午茶店中，一份搭配冰淇淋並以些許果醬、餅乾點綴在旁的甜點。從小我就非常喜歡吃鬆餅，但不是外面那種被其他配料團團包圍，似乎這樣才會看起來特別可口的鬆餅。對我而言，出自於自己手中的才是最能擄獲味蕾的。

　　還記得小時候（大約三、四歲左右），相較於現在，精力旺盛了許多。在不少人還在睡夢中的清晨，我早已從床上爬起。也不顧爸爸的睡眠是否充足，起床後的第一件事就是衝到主臥房把熟睡中的爸爸搖醒，準備一起去做早餐——鬆餅。說是「一起」製作，其實當時小小年紀的我壓根兒不知道做法和步驟，只知道爸爸說：「加麵粉。」我就把麵粉通通倒進大碗公裡，「攪拌……」我就拿雙筷子把碗中的材料全部攪拌均勻。記憶裡，當蛋、牛奶和麵粉還未混和完全之前，

會散發出一股淡淡的香氣，是乳香味也是小麥味。是一種熟悉，卻又說不出確切味道的獨有氣味。攪拌再攪拌，漸漸的，碗中只留下淡黃色的麵糊。看著與筷子共舞的麵糊，一圈又一圈、一圈又一圈，被筷子拌過的區域留下如蝸牛殼上的螺旋紋路，然後漸漸地恢復成原本的寧靜狀態，而後被兩根暗棕色樹枝侵擾的地方，又產生了新的圈圈。我常常就這樣一直畫、一直畫，直到鍋子都熱了，爸爸準備要煎鬆餅時，我才依依不捨地與它道別……

鬆餅也是有等級之分的，太焦的會產生苦味，甚至難以下嚥。剛剛好熟的鬆餅，表面呈現淡黃色，雖然也有香味，但不撩人。真正會散發濃郁香味的鬆餅是帶點咖啡色的焦度，恰到好處的熱度，此時家中會瀰漫一股甜蜜的氣味，久久不會散去。剛煎好的鬆餅最蓬鬆，是吃鬆餅的絕佳時機。淋上些許的蜂蜜，塗滿整個表面，咬下的那一剎那宛如置身仙境，蜂蜜的甘甜滲透至鬆餅內，綿密柔軟的口感融化在舌尖上。任誰也不會去否定當下那飄飄然的幸福感！

一道美食雖然不華麗精緻，卻也可以滿足口腹之慾。一片樸素的鬆餅，只是以最基本的方式完成，不高級，卻也能印刻在腦海中不被遺忘。長大之後，偶爾也會再拿起平底鍋，重現小時候甜蜜蜜的回憶。在攪拌麵糊之時，似乎又體會到兒時畫圈圈的樂趣。

寫作單元三

評語 覺得描寫得很深刻也很仔細，只是好像平平淡淡的然後就沒了。——丁虹如
描述兒時攪拌麵糊的記憶深刻詳細，簡單卻生動，那筷子畫出的圈彷彿漣漪盪入心海留下餘韻陣陣，唯沒有進一步將其美好在生命裡的價值表現出來，以增加這記憶的重要與獨特性。——李昱賢
作文筆調細緻，敘述深刻。關於食物與生命的連結，需要多一點文字描述，彼此之間才能緊密結合。——蒲基維老師

美味的總和

林愛雅

　　早餐，是一日的活力來源。早晨睡眼惺忪之際，讓食物的香味竄入鼻腔使自己清醒是一件很幸福的事。而在琳瑯滿目的早餐菜單中，最令我陶醉的，是漢堡。原因無他，只因它是一切美味的總和。

　　表層烤到微焦酥脆，內層鬆軟並散發著小麥香味的白麵包佐著白芝麻，抹上一層冰涼酸甜的番茄醬後，豪邁的鋪上一大把清脆甜美的生菜，仔細疊上數片新鮮的牛番茄切片，再輪鮮嫩多汁的厚實牛肉餅出場，牛肉餅熾熱的餘溫使得接下來覆上的起司片被溫度融化，完美的下垂成了最美味的角度，最後放上幾片酸黃瓜，把上層麵包蓋上，便成了令人人都垂涎三尺的經典美式漢堡！大口咬下，吃得到多種豐富的口感層次，每吃一次漢堡，總令我吮指回味不已。麵包＋生菜＋牛番茄＋漢堡肉＋起司＋配料＝美味的總和。

　　其實我本來很討厭漢堡的。小時候安親班老師每次跟大家宣布午

餐是速食漢堡時，其他的小朋友們總是興高采烈的手舞足蹈，我總是默默的詢問老師可不可以幫我煮碗麵就好。老師覺得奇怪，她從來沒看過不愛吃速食的小朋友。其實，不是我奇怪，我只是一隻無辜的驚弓之鳥。之前吃到了製作不周到的漢堡，麵包乾燥苦澀，第一次吃到酸黃瓜又被它的味道嚇到，明明不想吃了卻被教導不能浪費食物，只得一口一口吞下已經涼掉的漢堡，也從此對漢堡蒙上一層陰影。美味的總和，對兒時的我而言是一團迷霧。

　　直到升上高中後，有一天跟同學們去美式餐廳用餐，在同學們一直跟我保證這家漢堡的品質一定優質，並宣揚著漢堡的美味後，我終於鼓起勇氣點了漢堡。拿起漢堡下定決心豁出去的一口咬下——美好的滋味在我口中迸裂，明明是多種食物的混合，其口感卻獨特鮮明，每種食材都展現了強烈的特色，兒時的陰霾頓時煙消雲散，從此愛上了這美味的食物。勇敢＋嘗試＋鼓勵＋信任＋欣賞＋陶醉＝美味的總和。

　　人生又何嘗不是如此？不敢勇於嘗試又怎能發現全新的美好？不多點複雜的挑戰又怎能讓單調的人生擦出創新的火花？不為生活添些色彩又怎能使黑白的人生看見嶄新的世界？漢堡開啟了我樂於面對生活挑戰的開關，或許有段豐富多元的經歷正也是美味人生的總和吧。

評語　食物描寫細膩，對於生活哲學的體悟也很深刻，唯遣詞造句可再求精簡。——蒲基維

寫作單元三

平凡中的不平凡

丁虹如

　　令我印象深刻的這道料理，少了生食的安全擔憂，少了熟食的油膩，少了正餐的規規矩矩，他就是男女老少都無法抗拒的甜點——仙草芋圓冰。當它一端上來，我立刻和它陷入彼此小小的世界。它的外表不像提拉米蘇有質感，不像馬卡龍一樣輕巧可愛，它有的不過就是再樸實不過的外表，即便外表不起眼，卻還是緊緊的抓住我的目光。

　　一個木製的小正方形托盤，簡單又踏實，盤子上方是一張摺整齊的方形紙巾和一小球奶精，紙巾的上方則是一根精緻的湯匙和主角——仙草芋圓冰，整體沒有一絲贅飾。我仔細端詳著這道甜點，碗的底部是層層堆疊的仙草，仙草的表面光滑而顯得亮亮的，光滑的表面更因為燈光的照射而變得更閃閃發亮，仙草下方原來應有的冰因為我感冒而被去掉了，這是唯一的小缺憾，但是瑕不掩玉，最後，放在仙草上面的是五顆五彩繽紛的芋圓，在黑色的布景襯托下，就像夜空

中閃爍的星星，如此耀眼而動人，這是平凡甜點中獨特魅力。

終於到了要好好享用的時候了，我的內心就像暴風雨中的驚滔駭浪一般。當我把純淨潔白的奶精到在神秘烏黑的仙草上，仙草突出的地方就像一座座被浪漫的白海包圍的小島，我小心翼翼地用湯匙挖了一口放進嘴裡，仙草加奶精就像是情侶一樣，它們在一起的那麼問心無愧，那麼理所當然，嘴裡滿是漫著奶香的仙草滑動著。緊接著是一顆又一顆的芋圓，放進嘴裡時，冰冰涼涼的又有彈性，不管怎麼擠壓還是像最初的樣子，咬下去發現不會太硬也不會黏牙，而是一種綿密的口感，我忍不住一顆接著一顆地吃進肚子裡，芝麻口味、抹茶口味……每一個都有獨特的風味。這樣美好的東西不宜久留，轉眼就被我吃完了。

生活就像這道仙草芋圓冰一樣，澄澈閃亮的仙草像我們純淨的本質，而淋上的奶精就像家人、朋友給我們的愛與鼓勵，如同肥料灌溉的土地一樣，至於一顆又一顆的芋圓彷彿是自己的夢想。人因夢想而偉大，夢想是如此的閃亮。我們平凡無奇的人生因為有了家人，有了朋友，有了夢想而變得不平凡。

寫作單元三

評語　許多譬喻形容得非常細緻，想像力豐富。但有些詞彙可再多加修飾。——游理涵
生活哲理連結得當，清楚將一碗仙草芋圓冰做分段解釋。內容活潑生動富含童趣，貼近生活的真實本質，唯用字造詞方面需更加精鍊有力。——李昱賢
遣詞造句平易近人，對於食物的描寫亦細緻生動，尤其喜愛仙草芋圓冰的真摯情感洋溢紙上，令人感動。——蒲基維老師

平凡的美味

楊昀臻

　　倘若你身為置身於布滿美味佳餚餐桌上的一道菜，想從諸多色、香、味、俱全的料理中脫穎，並非一件容易的事。每當我看著家中餐桌上的料理們，總有這般感慨料理也如同每月每日在社會上辛苦的人們一般，它們也得互相競爭，看看究竟誰最能備受注目，能獲得主人的青睞，而誰又只能淪為豬隻的饗宴。

　　然而，對我而言，餐桌上若有它，我便會將其他菜色視為無物，它總散發出他人所不及的魅力，亮麗而不油膩的光澤，清爽而令人愉悅的色調，似乎再沒有什麼樣的美味能像它一般使我大口大口扒著白飯──蕃茄炒蛋，擄獲我味蕾的一道佳餚，平凡而美味。

　　想像自己正半睡半醒的躺在熟悉的床上，能盡情的與棉被擁抱，自在的沉浸於枕頭的包覆，好似在一個無重力的世界裡，這樣的舒適和享受，正是我每回品嚐蕃茄炒蛋的心得。滑嫩的蛋伴隨者有些焦脆

的邊緣，如棉被一般與棉被交融，而帶點酸卻與炒蛋毫無違和的塊狀牛蕃茄香氣直衝喉頭，不特別卻每每令我愛不釋手的好滋味，這般絕佳搭配藉由味道簡單的白飯更襯其美味，不用過多強烈的調味，最簡單的油、鹽、醬、醋就能成就這般令人回味無窮的好味道。可說是家常菜的最佳代表。

　　人生又何嘗不是一盤蕃茄炒蛋？滑順的炒蛋好比那些令我們回味的美好，蕃茄的酸就好似那些困難和挫折，唯有那些酸味才會使我們珍惜，唯有那些挫折才能襯出人生的美好，唯有兩者的親密交融才能成就所謂的人生。一道簡單的料理，蘊藏著好不簡單的道理，就是這樣一道富有意義的料理——蕃茄炒蛋，我心中最平凡的美味。

寫作單元二

評語 雞蛋的滑順加上番茄的酸甜，造就番茄炒蛋的美味，這篇文章在平淡中還有深刻哲理，很讚！——林家萱
從食物的元素聯想人生的道理，想像現實世界背後的哲理，這是中國菜特有的文化傳統，你能如此聯想，已具備統合思辨的能力。——蒲基維老師

端午粽香

顏嘉亮

當菖蒲再度繫上門梁，當屈原再度從記憶中躍然紙上，便知端午已至，那個喝雄黃、寫「王」字的日子。我尤其愛夏日的熱情奔放，愛那龍舟競速的緊張，更愛那午時與家人立蛋的溫馨和樂，除了與至親好友大啖桃李果味外，少不了討吉利的香包與撲鼻粽香。

從投入汨羅江保護屈原的食物到放在科舉士人的行囊，粽子褪去功名利祿與慷慨激昂，穿上了節慶歡欣的衣裳。層巒疊嶂，在粽葉底下，有我曩歲的童年，諸春、諸夏……。

依稀記得是那電風扇吹不散熱氣而冷氣仍在休眠的六月，一顆氣味彈猛地從屋內投出，摻雜著糯米、五香粉和油蔥酥的味兒，「緊來，緊來，趕緊來包粽子了！」這是端午的阿嬤家。滿是香味的空氣中，我們圍在些許蟲蛀的大圓桌旁包粽子。桌上擺滿了各式工具，白瓷碗盛著肉片，鹹香的鴨蛋散發柔和的黃色光芒，大阿姨使勁地壓實底層的糯米，媽媽、小阿姨和舅舅洗淨了雙手，食指飛快的舞著，抄起餡兒，鋪在糯米上頭，轉呀轉成一個頂部尖尖的粽狀，身手非凡。孩子們在一旁認認真真的把粽子綁在竿子上，好似串串鈴鐺。依著阿公的指揮各司其職，我從未見他老人家腰桿如此挺拔，眼神如此明

亮。端午，一直都是個忙碌的日子。漫天飛揚的粉塵，阿公在溽暑中揮汗如雨。

接著便是進大鍋裡滾了，這程序阿公絕不假手他人，彎著身注視著鍋內的風吹草動，阿公的臉也被蒸氣烘得紅潤，專注而莊嚴的眼神如一次次膜拜，靜靜地坐在門檻上。牆上懸掛阿嬤的容顏，投射出一股慈愛，黑白照片無法掩蓋年輕臉龐的溫柔笑意，注視著阿公日漸蒼老的背影。

粽子上的棉繩，牽著我們家每一個人，在滾燙的熱水中，也不會散去。圍在桌旁，「喀擦」快門按下，大伙的臉上全都洋溢著喜悅，我幫這張照片取了個名，叫做「天、倫、樂」。

出鍋時果真香味四溢，想來街坊鄰居也會聞香而至、垂涎三尺的。我顧不得燙手，猴急地抓了一個滾燙的肉粽大口咬下，我喘著直呼是人間美味，齒間滑過群山萬壑，滑過糯米海，直達最飽滿的中心，鹹香與栗子的甜味兒平衡得恰到好處，畫龍點睛的蝦米令人驚豔。粽子的外表不奪人眼目，卻令人回味無窮，像極了阿公，高大寡言，內心卻蘊含對家人豐富的愛。從小到大始終認為阿公是拘謹的，是嚴肅的，而誰又知道早年喪妻、拉拔孩子的辛勞？

我看見他揩著汗，悠悠地走向門口，「這好好吃喔！阿公」我追上前去，手揮著吃到一半的粽子，一如往常，阿公還是無語，笑著。

評語　首段類似韻文的鋪陳筆法令人耳目一新，全文對於端午包粽、吃粽的描寫亦細膩而深刻，在字裡行間蘊含著家人親密的情感與阿公堅毅而溫柔的愛，是一篇情真意摯的飲食美文。——蒲基維老師

寫作單元三

寫作單元四

穿梭古今的時空意象
——大溪老街巡禮與讀寫

緣起

自文學寫作營開設以來，我們帶領學生走出戶外，從現實的事物中擷取素材，感受現實生活的悲歡離合。為使學生能接觸更多深度文化的景點，我們規劃了臺灣老街的探索與巡禮，並結合史料的閱讀，讓學生認知到更豐富的寫作素材。從101學年起，我們分別探訪了淡水老街、北埔老街，今年則以大溪老街為探訪對象，我們特別安排當地解說員帶領師生探訪大溪老街的重要景點，期能掌握大溪老街的過去與現在，更能憧憬各種可能的未來。穿梭在古今時空的意象之中，有機趣，有悸動，亦有悠閒自在的心情。讓我們暫時忘記都市的塵囂，一起體驗位於山林與平地之間的傍溪古鎮。

大溪老街的意象沿革

雨後仍帶著些許霧氣的深秋，我們遠離臺北盆地，來到桃園大溪山區。甫下遊覽車，每一位師生迫不及待地拿著相機，記錄著此地的一草一木、一磚一瓦，在豐富的圖像中，每幀照片都有說不完的故事。大溪老街不只是大溪老街，她訴說著遠古至今從蠻荒到文明、從繁榮到沒落、從荒頹到重生的多重意象。

大溪最初稱為「大姑陷」，是原住民凱達格蘭族稱呼「大水」的意思；後來漢人移民至此地開墾，因「陷」字不吉利，墾地又在河崁，於是改名為「大姑崁」；清同治四年，當地望族李騰芳考中福建舉人，遂選用科舉的「科」，並奏請朝廷改為「大科崁」；建省之後，劉銘傳執行「開山撫番」的政策時，又加了個「山」字在科上頭，成了「大嵙崁」；西元一九二〇年日治時期，日本當局改名為「大溪」，一直沿用至今。

大溪在地理上屬於河階地形，剛好是丘陵地形走向平原地形的交界。在漢人未開墾之前，大溪是凱達格蘭平埔族和泰雅族人的居住地。清朝雍正年間，陸續有大陸移民來開墾。早年大漢溪的溪水豐沛，連接淡水河可以經三峽、艋舺、台北、淡水通航至廈門、福建或海外各國，因此附近關西、龍潭、復興一帶的茶葉、樟腦、山產等，都藉由大溪的水運輸出，使得大溪成為台灣北部內陸最大的河港。

光緒十八年至二十三年是大溪船運的黃金時代，當時的碼頭區可以停泊二、三百艘的帆船，復興、關西、竹東、龍潭等地的物產，都集中大溪後再輸出。

甲午戰爭，清朝政府將臺灣割讓給日本，大溪人群起抗日，日本人乃以大砲從員樹林向大溪的街區開砲，通議宅第被毀，大溪的街區損失慘重，只好投降。日本政府在大溪設桃園廳的支廳，繼續開採山區的木材和樟腦。大正九年，日本政府在和平路、中山路、中央路進行市區改正計劃，將街道拓寬拉直、增設下水道、街屋前建立面牌樓，大溪又繁榮了起來。可惜復興鄉的原始林遭大量砍伐，水源涵養量減少，河道泥沙大量淤積，日本人又興建桃園大圳，大漢溪的水量被奪，河運逐漸沒落，陸路交通取代了河運，大溪也失去了往日的盛景。

臺灣光復後，大溪曾有崁津吊橋，後來在民國四十八年改建為鋼筋混凝土橋，此地商業型態沒落後，改以開採煤礦為主，直至六十八年後礦坑逐漸封閉。民國八十五年由文建會補助，大溪進行社區整體營造，大溪老街重獲生機，文化觀光的型態在此地逐漸發展起來。

時至今日，大溪老街僅剩文化觀光的價值，然而文化觀光的利益背後，卻蘊含著先民開發的汗水與智慧，更堆疊著滄海桑田的人事消長。

昔日船帆交錯的商港，如今只剩裸露的橋墩與累累的石堆。

溪畔的人工步道，眺望遠處涓涓溪水，談起百年前的大溪風光。

在解說員引導之下，我們一起體驗百年前駄運坡道的溫情。

走在古巷，建物穿雜著原始與現代，今古時空也在腦海交錯。

老街的長廊下，拱形的廊簷有實際的遮陽作用，更有建築的美感。

在巴洛克式的牌樓下，是現代商店街景象，形成今古交錯的畫面。

小巷中的盡頭，「俎豆同榮」的匾額，有太多的故事蘊含其中。

「忠魂堂」是在大溪發展社區總體營造之後所設立的說明牌。

寫作單元四

| 滿是斑駁的土塊厝現已人去樓空，卻蘊含著百年來的人事更迭。 | 土塊厝已不堪居住，在現今時空中顯得突兀，卻也發思古之幽情。 |

| 直立式牌樓雕飾在老街比比皆是，這是老街重要的文化資產。 | 百年歷史的牌樓下，掛著商店街招牌，又是今古雜糅的有趣畫面。 |

大溪老街采風錄

　　探訪大溪老街，有太多的驚艷與感動，穿梭在今古交錯的街道巷弄間。探循著斑駁的古物，思索著幾百年前的先祖奮鬥的軌跡，無論老師或學生均有所感。我們特地挑選了大溪老街的五個景點，讓學生重新搜尋歷史資料，回味著走在步道間的知性與感動，記錄對老街深層的敬意與長遠的迴響。

老街的巴洛克式建築

連修德

　　走進大溪老街，映入眼簾的是一整排融合中西風格的建築物，坐落在現代商業形式的時空裡，令人有今昔交錯的感覺。

　　我翻閱著台灣的歷史，日本在「明治維新」之後推行西化運動，挑選了一批優秀的學生到歐洲留學，這批建築師學成歸國，躍躍欲試，想發揮所學。可惜當時日本國內的民風仍然守舊，不接受這些歐式的建築設計，於是日本政府便將這一批建築師派到台灣來。大正初年，這批技師在台北今衡陽路一帶，建造了成排的街屋，間間騎樓相通，並有立面裝飾。這種建築風格在台灣卻大受好評，其他城市紛紛模仿，大溪也是模仿者之一。

　　大溪老街的建築在立面牌樓上具有「巴洛克」式的外觀，陽剛的風格之外，又以柔和的花草式樣和弧形彩帶來裝飾。除此之外，建築設計又發揮巧思融入中國傳統建築的吉祥圖騰，如：松、竹、梅、鶴、蝙蝠、鰲魚、蟾蜍、蓮霧、佛手瓜、石榴等，象徵多子多孫，福祿長壽的意涵。

　　我們吃著老街販賣的冰淇淋，咀嚼風味十足的老街豆乾，在現代的味覺饗宴中，眼睛所見、心靈所感卻是距今已超過百年的古建築，這些建築隨著時間的流轉進入了二十一世紀，經過多少人事的更迭與戰亂的侵擾，在斑駁的記憶中仍然英挺矗立。也許，我們對於這些歷史是陌生的，而眼前這些建築卻展現其清楚明白的線條與身段，似乎在告訴我們人間為小事執著的脆弱，也似乎透露著人類文明歷久不衰的堅強。

　　在年輕的歡笑聲中，夾雜著老街的叫賣聲此起彼落，這在台灣其他老街也洋溢著類似的情景，而大溪老街最大的不同，應該是這一整排巴洛克式的建築，不僅融合中西建築風格，更綿亙古今，成為老街最大的特色。

寫作單元四

「俎豆同榮」的背景與啟示

符采潔

　　跟著導覽老師走進靜謐而不起眼的小巷中，一張斑駁的匾額出現眼前。鑲嵌在現代鐵窗與日光燈中，顯得格格不入，斗大的「俎豆同榮」四字，似乎在訴說一段祖先開發台灣的血淚故事。

　　聽說，在清朝開發台灣的初期，大溪正位於漢人與原住民交界處，原住民經常越過大漢溪，與漢人發生衝突，有時狀況激烈，死傷慘重。一八九三年，清朝朝廷為了祭祀討伐原住民戰死的兵勇及原住民的死難者，在大嵙崁街（今大溪）建立了昭忠祠（今為忠魂堂）以茲紀念。當時台灣巡撫邵友濂並頒發「俎豆同榮」的匾額，以昭示漢番一視同仁的撫卹，也蘊含著族群融合的積極精神。

　　我不禁向導覽阿姨問起「俎豆」的意思。原來，俎與豆都是古代祭祀饗宴時承裝食物的禮器。清廷原來是想藉由祭祀的尊容與莊嚴弭平漢人與原住民之間的仇恨，其胸襟氣度在現代看來仍舊偉大。

　　回想先民初期在台灣的墾荒歷程，不僅要克服大自然的挑戰，更要留意原住民的侵擾，其艱難辛苦可想而知。從另一角度來想，原住民也是為了捍衛自己的土地，奮起抵抗外來的侵侮，雙方不同的文化背景，不同的立場，不同的思維，導致彼此的爭戰與殺戮。如果我們可以站在平等的角度看待漢番之間的紛爭，就能充分理解「俎豆同榮」的真諦。

　　曾聽歷史老師說過，任何民族都有他們文化發展的歷程，沒有優劣之分，原住民的文化發展較晚，而外來的漢文化則已經是一個完整文化系統，高度發展的文明佔有優勢，卻也使原住民文化受到嚴重的威脅，甚至無法發展而逐漸沒落。看見這樣一個匾額出現在當時清廷統治的台灣，想著現今台灣社會仍存在著族群分裂而內鬥的情況，令人不禁想大聲疾呼，不要再重蹈歷史的覆轍。

寫作單元四

我看見河堤裸露的橋墩與石堆

況之駿

　　眼前的大漢溪只見裸露的橋墩和磊磊的削波石塊，很難想像一百多年前這裡曾經是千帆交錯的商船集散地。

　　我試著翻閱大溪港的興衰史，記載著光緒十八年至二十三年（1892～1897）是大溪船運的黃金時代，當時的碼頭區可以停泊二、三百艘的帆船，復興、關西、竹東、龍潭等地的物產，都集中大溪後再輸出。後來，復興鄉的原始林遭到大量砍伐，水源的涵養量減少，再加上河道泥沙大量淤積，日本人又興建「桃園大圳」，大漢溪中下游的水量被截斷剝奪，河運就逐漸沒落。現代化建設之後，陸路交通又取代了河運，大溪從此失去了往日的盛景。

　　我終於深刻體會「滄海桑田」的涵義。想像著昔日大溪帆船往來頻繁的景象，風帆交錯、市聲鼎沸、商人船伕辛勤的工作；而今夾岸蔓草叢生，涓涓溪水像一條瘦弱的水蛇蜿蜒在河床間慢慢地爬行，為了防洪而堆起的削波石塊又諷刺地訴說今非昔比的悲情。這一片乾涸的河床，見證了大溪由盛而衰的商業史，也見證了自然景觀因人為破壞而走向衰敗的命運。

　　深秋的河堤瀰漫著詭異多變的氣氛，新興的觀光產業正為大溪帶來另一線生機。縣府趁著人心懷舊的熱潮，以老街之名帶來一波波的人潮，大溪的景觀不再是市聲鼎沸，取而代之的是一片綠煙紅霧、遊人雜沓的盛況，當人們走在堤岸邊的羊腸小徑，眺望著大漢溪的涓流與細草，心中不再是今非昔比的悲鳴，而是冷靜悠閒的心思，觀看著大溪市容的轉變，或嬉戲，或遊賞，或充當不羈小節的食客，優遊在輕靈悠閒的老街，享受深秋河岸微雨的淒美。

　　我問老師何時再來大溪？老師只淡淡地說：「青春無悔，努力愛春華！」我心中頓時豁然開朗。面對世事的變化無常，我們或許無奈，或許傷感，當然也可以學學李白的及時行樂啊！

寫作單元四

走在緩坡的石板古道

顏稚羽

　　導覽老師帶著我們從河堤小徑走到通往老街市集的石板古道，一邊說著石板古道的設計原理。

　　根據史料記載，從前<u>大溪</u>碼頭位在<u>大慶洞</u>附近，挑夫們會在崁邊林本源家族所建的大眾廟廟埕等候，船一靠岸，挑夫就藉著這條石板路挑運貨物來往於街道和碼頭之間。為了讓挑夫隨時可在轉折處歇腳，所以將石板古道建造為「之」字形，石階階梯的高度很薄，方便挑夫不必費力的提腳。

　　多麼貼心的設計啊！為了體驗當時挑夫扛重物爬坡的景況，我和同學互揹爬坡，還真的不像走一般階梯的辛苦，雖然是斜坡，因為不須費力提腳，有著如履平地的輕鬆。

　　走這一趟老街之旅，遠離書本上冰冷的文字，親身體驗與古人相同景況的辛勤勞苦，才發現這緩坡古道蘊含著體貼勞動人的溫度。以前從書本觀賞中國的建物，總以為古建築不懂人體工學、不思民間疾苦，尤其這種冰冰冷冷的石板古道，只要能走，道路能通就好了，何必在意其他功能呢！直到走進這緩坡古道，「之」字形的設計是為了讓挑夫可以在轉折處歇腳，階梯的高度刻意削薄，是為了讓挑夫不用費力提腳，這不僅是體貼而已，更是對勞動階層人民的恩寵。

　　細讀台灣歷史，清朝所統治的台灣，其官員階級對人民的疾苦常常是忽略的，對於這些公共工程的建設常常只注重商業利益，關心繳給朝廷的營利稅收，故因陋就簡，或便宜行事。如今親自體驗為了挑夫運貨方便所鋪設的緩坡石板，才感受到在上位者的慈愛與溫厚，這也是儒家思想所推崇民胞物與胸懷的具體呈現。

　　現今社會的公共設施強調尊重弱勢，關懷老殘的概念，所以導盲磚、殘障坡道、扶手及其他方便老弱殘障的輔助早成為公共建設中必備的設施，從這裡的緩坡古道，我也感受到這種精神的存在。

　　悠閒地走上斜坡，在逐漸上升的古道中，我彷彿看見「負者歌於途，行者休於樹」的與民同樂的景象。

寫作單元四

可愛的鈕扣磚瓦

林欣彤

座落在不起眼的巷弄中，若不是導覽老師刻意提醒，我們可能會忽略這一排奇形怪狀的瓦片牆。

「這是穿瓦衫，又稱魚鱗瓦。」聽著導覽老師娓娓說明穿瓦衫的由來。「那是一種紅磚瓦片，覆蓋在土角厝的外牆上，以鐵釘固定，再用一片小瓦片遮蓋鐵釘頭，看起來好像屋子穿著有鈕扣的衣衫一樣。其目的是用來保護土牆在刮風下雨時，不會受到侵蝕。後來流於裝飾用。」一直對傳統的屋瓦建築有特別的喜愛，今天又得知磚瓦建築有這種防漏的智慧，令人眼睛為之一亮。

聽說傳統的磚瓦比起現在的水泥牆，更有吸水防滲的效果。以前傳統的民房，有許多由土塊砌成的牆面，泥土塊的耐侵蝕性當然比不上現代的鋼筋水泥，它防漏防滲水的效果更差。在還沒發明 PVC 材質的年代，先民用磚瓦來防止土牆受到刮風下雨的侵蝕，確實是一項妙招。其運用鐵釘固定，再用水泥修飾的巧思，除了實用的價值之外，更兼顧了藝術的美感。所以後來流於裝飾之用，算是發揮了穿瓦衫的另一種價值。

聽導覽老師說，以前的磚瓦屋冬暖夏涼，不像現代鋼筋水泥的公寓那麼悶熱，而現代到處充斥的鐵皮屋頂大多有吸附太陽熱量的缺點，更不會在磚瓦屋中見到。我想大概是磚瓦材質易透氣的特性使然，而其吸水防滲的特性又使住屋更為安全可靠。

先人的智慧無所不在，從一片小小的磚瓦就能了解古代科技不發達的生活環境，先人還能利用事物的自然原理來改善居住生活的品質，除了佩服，也讓我學會了凡事必須仔細觀察、大膽創新的態度。

看著百年磚瓦屋的隙縫中，夾雜著水泥的拼貼補補，看來有點突兀，這是有關當局沒有提出保護古蹟的措施所致，令人惋惜百年古蹟沒有被好好保存，這是台灣另一個文化上的缺失，值得我們深思。

寫作單元四

編輯人員名單

總策劃：羅美娥

主　編：蒲基維

教材研發（讀寫教學研討工作坊）

　李瑋娟、陳雅萍、張純美、楊百菁、蒲基維、劉榮全

學生作品作者：

　李佳美（103級）、周采豫（103級）、徐婕芸（103級）、
　熊若婷（103級）、劉巧萱（103級）、鄭乃華（103級）、
　鄭丞翔（103級）、賴季廷（103級）、謝大川（103級）、
　林亞嫻（103級）、林宸樺（103級）、江雅晏（103級）、
　丁小宇（103級）、王博榕（103級）、田雨昕（103級）、
　江炳曜（103級）、吳宜庭（103級）、李念茵（103級）、
　李昂軒（103級）、官東慶（103級）、林芯如（103級）、
　林奕成（103級）、林圓倫（103級）、范齊萱（103級）、
　莊韻儒（103級）、郭采萱（103級）、陳建元（103級）、
　陳柏元（103級）、陳禹豪（103級）、陳家瑜（103級）、
　陳嘉萱（103級）、馮偉倫（103級）、黃鼎鈞（103級）、
　黃麟茜（103級）、廖之寧（103級）、鄭懿君（103級）、
　連修德（104級）、符采潔（104級）、況之駿（104級）、
　顏稚羽（104級）、林欣彤（104級）、王妤涵（105級）、
　丁虹如（106級）、林品嘉（106級）、林愛雅（106級）、
　游理涵（106級）、楊昀臻（106級）、顏嘉亮（107級）、

內頁插畫：王靖雯

讓青春的意象遄飛（第三輯）
——跨領域讀寫課程學生作品精選集

總 策 劃　羅美娥

主　　編　蒲基維

發 行 人　羅美娥

發 行 所　臺北市立西松高中

地　　址　105 臺灣臺北市松山區健康

　　　　　路 325 巷 7 號

電　　話　02-25286618

排　　版　林曉敏

印　　刷　百通科技股份有限公司

封面設計　斐類設計工作室

銷 售 點　萬卷樓圖書股份有限公司

　　　　　臺北市羅斯福路二段 41 號 6 樓之 3

　　　　　電話　(02)23216565

　　　　　傳真　(02)23218698

　　　　　電郵　SERVICE@WANJUAN.COM.TW

ISBN 978-986-05-2098-9

2017 年 3 月初版

定價：新臺幣 300 元

讀書手札：

國家圖書館出版品預行編目資料

讓青春的意象遄飛(第三輯)：跨領域讀寫課程
學生作品精選集/羅美娥總策劃、蒲基維主編
初版.-- 臺北市 ： 北市西松高中, 2017.03
　面 ；　公分. --

ISBN 978-986-05-2098-9(平裝)

830.86　　　　　　　　　　106003504